『タイタス・アンドロニカス』

七五調訳シェイクスピア
シリーズ〈13〉

今西 薫
Kaoru Imanishi

風詠社

目次

第1幕	第1場	ローマ 神殿の前	5
第2幕	第1場	ローマ 宮殿の前	38
	第2場	森の中	46
	第3場	森の人気(ひとけ)のない場所	48
	第4場	森の他の場所	69
第3幕	第1場	ローマ 路上	73
	第2場	タイタスの館の一室 （宴会の用意が備っている）	91
第4幕	第1場	タイタスの館の庭	96
	第2場	宮廷の一室	105
	第3場	公共の場	117
	第4場	宮殿の前	125
第5幕	第1場	ローマ近くの平原	133
	第2場	タイタスの館の前	142
	第3場	タイタスの館の庭	155

あとがき　　　　　　　　　　　　　　　　　　　　　　　169

登場人物

サタナイナス	故ローマ皇帝の長男で、皇帝
バスィエイナス	サタナイナスの弟
タイタス・アンドロニカス	
	ローマの貴族/ゴート族討伐の将軍
ラヴィーニャ	タイタスの娘
ルシャス、クウィンタス、マーシャス、ミュシャス	
	タイタスの息子達
マーカス・アンドロニカス	護民官/タイタスの弟
小ルシャス	ルシャスの息子
パブリアス	マーカスの息子
センプロニアス	タイタスの親族
カイアス	同上
ヴァレンタイン	同上
イーミリアス	ローマの貴族
タモーラ	ゴート族の女王
アラーバス、ディミートリアス、カイロン	
	タモーラの息子達
アーロン	ムーア人

元老院議員達、護民官達、貴族達、将校達、兵士達、従者達、ローマ人達、支持者達、ゴート人達、使者、道化、乳母、(黒人の赤ん坊)

場所　ローマとローマ近郊

第1幕

第1場

ローマ 神殿の前

(有名なローマの将軍アンドロニチの墓の前。護民官達、元老院議員達は二階の舞台に登場。サタナイナスと従者達は一階の舞台のドアから現れ、バスィエイナスと軍鼓と軍旗を持った従者達は反対側のドアから登場)

サタナイナス

　高貴な貴族の 方々よ 私の権利の 援護者よ
　武器を手に取り わしの正義を 擁護してくれ
　同胞諸君 私に従う 家臣の者ら
　君達の 剣により この私の 継承権を 認めさせ
　私を帝位に 就けるのだ
　この私 亡き皇帝の 跡継ぎだ
　父親の 栄誉ある地位を 長男が継ぐのは 当然のこと
　その不文律 破るのは 許されぬこと

1　古代ローマのカピトリヌスの丘にある神殿。

バスィエイナス

　ローマの方々 同胞よ 私の権利に 味方する 者達よ
　バスィエイナスが シーザーを継ぎ
　皇帝に 相応しいと 思うなら
　神殿へ 続く道 堅く守って
　皇帝の 座る椅子には
　不名誉な者が 近づかぬよう 気をつけるのだ
　その地位に 就く者に 神聖な徳
　正義や節度 高潔さが 不可欠だ
　そのために 公正な 選挙が 必要だ
　ローマ人よ 選択の 自由のために 立ち上がれ！

（王冠を高々と掲げ、マーカス・アンドロニカス登場）

マーカス

　徒党を集め 友を呼び 野望に燃えて
　帝位に 就こうと 画策中の 両殿下
　我々が 代表を 務めている ローマ市民の 一同は
　ローマへの 偉大なる 功績上げた
　忠誠心に 溢れている タイタスを
　皇帝に 選出すると 決議しました
　今の世で ローマ市民に 彼ほども 高潔で
　武勇に 長(た)ける 戦士はいない
　元老院に 懇願されて 獰猛(どうもう)な ゴート族との 戦いで

息子達を 引き連れて 敵の脅威で あり続け
精鋭の 軍隊で 強敵を 打倒しました
最初に彼が ローマのために 軍を進めた ときからは
早や十年の 歳月が 流れています
ついに今 高慢な敵を 打倒しました
その間にも 戦死した 息子らの 棺携え
ローマのために 血を流し 帰国したこと 五回です
そして今 名誉ある 戦利品 山と積み
有能な アンドロニカス 勇壮な タイタスは 凱旋し
帰路の途上に あるのです
お二人が 継承権を 唱えられている 先帝の 名誉に懸けて
神殿や 元老院の 権利にも 懸け
どうか二人に お願いします
武装を解いて 徒党を帰らせ 継承権を 求めるのなら
平和的に 謙虚にそれを 訴えられる ことこそが 肝心です

サタナイナス

公正な 護民官の話によって 私の心は 鎮まりました

バスィエイナス

高潔で 誠実な マーカス・アンドロニカス
私はあなたの 人柄を 信じています
そしてあなたを 敬愛し 一族の 方々を
誇らしく 思っています
高貴な武将の タイタスや そのご子息や
私の心を 捧げている 一人娘の ラヴィーニャは

ローマの優雅な 花である
　　それ故に 私はここで
　　信頼できる 仲間達には 帰ってもらい
　　私の将来は バランス取れた 感覚がある
　　人々の ご意見に 従うことに 致します
　　(バスィエイナスの支持者達 退場)

サタナイナス

　　我が友よ 私の権利 守るため 立ち上がり
　　来てくれたこと 感謝しているが
　　ここで解散 することにした
　　私自身や 私の意見
　　ローマ市民の 総意にと 従うことに したいのだ
　　(サタナイナスの支持者達 退場)
　　ローマよ 私があなたに 忠誠心を 持っていて
　　愛国心が あるように
　　あなたも私に 公正で 慈悲の心を 示してほしい
　　城門を 大きく開けて どうか私を 入れてくれ

バスィエイナス

　　警護官の 方々よ 競う相手の 私も中へ お入れください
　　([トランペットの音] 二人は元老院に入る)

　　(将校 登場)

将校

第1幕

ローマ市民の 方々よ どうか道を お空けください
美徳の鑑(かがみ) 善良な アンドロニカス
ローマが誇る 最高の戦士
戦いに 勝利を収め 栄耀栄華(えいようえいが)に 満たされて
今ここに ご帰還された
将軍は 剣により ローマの敵を 圧倒し
隷属させて 帰還です

([軍鼓とトランペットの音] マーシャス、ミュシャス、黒い布が掛かった棺を運ぶ二人の男、ルシャス、クウィンタス、タイタス・アンドロニカス、アラーバス、ディミートリアス、カイロンと共にゴート族の女王タモーラ、アーロンと囚われの身のゴート人達、兵士達、ローマ人達が登場。二人の男が棺を下ろす。タイタスが話し出す)

タイタス

栄光に 輝くローマ 喪服着て 勝利を祝え!
よく見るのだぞ 積み荷を載せた 帆船が
元の港に 高価な品を 満載し 帰ったように
アンドロニカス 頭上には 月桂樹の 王冠抱き
ローマへの 帰還に際し 心からの 喜びの 涙を流し
祖国への 忠誠を 誓うのだ
この神殿の 偉大なる 守り神
我々が 挙行する 儀式には 憐れみを 与え給え!

9

ローマ市民よ トロイの王の プライアムに いたという
息子の数の 半数である 25人
勇敢な わしの息子で 生きているのは もうこれだけだ
残りの者は 死んでしまった
生きている 者達に ローマが愛を お与えになり
最終の 安息の地に 連れ戻した 者達に
祖先の墓所に 埋葬させて もらいたい
ゴート族も もうわしが 剣を抜かずに
済むように 恭順した
タイタスは 我が身内を 気にかけず
思いやりに 欠けていた
息子達を 埋葬せずに スティクス[2]の 川も渡れず
岸辺にて さ迷わせても いいものか?!
息子らの 同胞のもとに 安置するのに
どうか墓所を 開けてくれ
(墓所のドアが 開けられる)
死者を送る 慣わしに 従って 黙祷をする
祖国のために 殉死した 魂として
安らかに 眠るがいいぞ
美徳あり 高潔で わしに喜び 与えた者らを
受け入れた 聖廟よ
もうこれで 何人の 息子らを 収容したか

---

2 ギリシャ神話。冥府を流れる川の名前。または、その川の女神。
仏教なら、「三途の川」に相当する。

それなのに 誰一人 返しはしない
ルシャス

ゴート族の 一番上の 身分の高い 捕虜の男を
どうか我らに お与えください
その者の 手足切断 した後で それ積み重ね
その肉体を 生(い)け贄(にえ)にして 火で燃やし
黄泉(よみ)の国に 入れられた 我が兄弟の 霊に捧げる
生け贄が 無いのなら 彼らの霊は 休まれず
不幸をもたらす 悪霊となり
地上に姿 現すことに なるだろう

タイタス

死に損ないの 最も身分の 高い男を 与えよう
赤貧(せんぴん)の 女王の 長男だ

タモーラ

お待ちください ローマの方々
慈悲深い 征服者で 勝ち誇る タイタスよ
息子を思う 母の涙に 憐れみを！
あなたにとって ご子息が 大事なように
私には 私の息子が 大事です
あなたの勝利を 祝う花とし
私達は ローマへと 捕虜として 連れられました
それだけで 満足せずに 私の息子を ローマの市内で
惨殺すると 言うのです?!
祖国のために 勇敢に 戦ったから？

あなたにとって　王や国のため　戦うことが
　敬虔(けいけん)な　行為なら　私の息子も　同じです
　アンドロニカス　聖廟を　血で穢(けが)しては　なりません
　あなたには　神々に　近づこうという
　お気持ちは　ないのです？
　おありなら　慈悲の心を　お持ちください
　慈悲の心が　高潔の印しです
　高潔さでは　誰にも劣らぬ　タイタスよ
　どうか私の　長男の　命だけは　奪ったり　なさらずに！

タイタス

　我慢して　頂こう　女王
　ここにいるのは　おまえ達　ゴート族が
　殺した者の　兄弟だ
　死者のために　生け贄を　求めている
　その象徴とし　あなたの息子が　必要で　死んでもらおう
　これにより　死者の霊の　苦しみが　癒(い)やされる

ルシャス

　そこの男を　連れて行け！　今すぐに　火を点すのだ
　各々(おのおの)が手に　剣を持ち　奴の五体を　切り刻み
　燃え盛る　薪(たきぎ)の山に　投げ捨てて
　骨の髄(ずい)まで　燃え尽くすまで　火は消すな！
　（ルシャス、クウィンタス、マーシャス、ミュシャス、
　アラーバス　退場）

タモーラ

ああ 残酷な！ 神を畏れぬ 罪業を！
カイロン
 蛮族の スキタイ人でも
 それほども 野蛮では なかったはずだ
ディミートリアス
 野望に燃える ローマなど
 スキタイと 比べても 意味がない
 アラーバスは 永遠の 眠りに就いて
 我々は タイタスの 脅迫的な 眼差しに
 震え上がって 生きるのだ
 どうか母上 覚悟を決めて
 希望を持って いてくださいね
 神々は トラキアの 暴君に対し
 彼の陣営で トロイの王妃に 復讐の 機会を与え
 積年の 恨みを そこで 晴らす機会を 与えました
 その神々が ゴートの女王 タモーラに
 ゴート族が ゴート族で タモーラが
 女王だった ときのことだが—
 血に染まる 非道な 行為に 対しても
 きっと復讐 させてくださる はずだから…

 （ルシャス、クウィンタス、マーシャス、ミュシャス

---
3 紀元前6〜3世紀にかけて、黒海北岸の草原地帯に住んでいたイラン系の強大な遊牧の騎馬民族。高度な金属文化を持っていた。

血に染まった刀を手に登場)

ルシャス

　ご覧ください 主君であって 我が父上よ
　ローマの儀式 滞りなく 済ませましたぞ
　アラーバスの 手足はすべて 切り落とし
　胴体の 臓器のすべて 生け贄の火を
　高々と 燃え上がらせて
　その煙 お香のように 立ち昇り 天を清めて おりました[4]
　この後は 我が兄弟を 埋葬し
　高々と トランペットを 吹き鳴らし
　彼らの霊を ローマへと 迎え入れる ことになります

タイタス

　そうしよう ではここで 父親の アンドロニカス
　息子らの霊に 最後の別れの 言葉を 述べさせて 頂こう
　([トランペットの音] 棺が霊廟に納められる)
　潔く戦って 平和と栄誉を 手に入れた
　戦士であって 我が息子達
　俗世間での 浮き沈み 煩うことなく

4　原典 "perfume"「香水（をつける）。シェイクスピア（Sh.）の時代、ペストが流行し、劇場が閉鎖されていた時期もあった。当時、原因も分からない疫病に対し、宮廷では「香水」(高級品なので庶民には手の届かない物) をつけていれば、疫病に罹らないと信じられていた。

第 1 幕

静かにここに 休むが良いぞ
ここには隠れた 反逆はなく
嫉妬心 膨(ふく)らむことも ない世界
毒草は 育たない 嵐は来ない 騒音もない
ここにあるのは 静寂と 永久(とわ)の眠りだ
平和と栄誉に 満たされて 眠れよ ここに 我が息子達

(ラヴィーニャ登場)

ラヴィーニャ

平和と栄誉に 包まれて
タイタス公に 栄光が ありますように！
お父さまの 名声が 称(たた)えられ それが永続 するように！
ご覧ください 私は兄の 冥福祈り
この霊廟で お父さまの 足元に 跪(ひざまず)き
ローマへの 凱旋に 嬉し涙を 大地に流し
心より お喜び 申し上げます
ああ ローマの市民が こぞって称える その勝利の手で
私にも 祝福を お与えください

タイタス

優しいローマ この老齢の わしの心を 慰める
愛情を 用意して いてくれたのか?!
ラヴィーニャ 生きるのだ 父親の 名声よりも 長く生き
美徳の誉(ほま)れ 高めるのだぞ

15

(マーカス・アンドロニカス、護民官達、サタナイナス、バスィエイナス、その他登場)

マーカス

タイタス将軍 万歳! 敬愛できる 我が兄上よ
ローマ市民の 注目を 集めている 慈悲深い 勝利者よ!

タイタス

護民官で 高貴な弟 マーカスよ ありがとう

マーカス

凱旋し 生きて戻った 甥達も
名声を得て 眠りに就いた 者達も
剣を手に 祖国のために 尽くされた 貴族のみんな
その功績は 同じです
だが 葬儀を終え ソロモンの 幸福へ 到達し
安らかに 眠る者こそ 揺ぎなき 勝利者だ
タイタス・アンドロニカスよ ローマの人々
正義の友の あなたに対し
全権を 委任されてる 護民官たる 私を通し
この純白の 礼服を 捧げたのです
今は亡き 先帝の 王子らと 後を継ぐ
候補者の 一人とし 選ばれたのです
白衣のローブを 身に着けて
頭を失くした ローマへ頭を

付けるべく ご活躍を 願いたい

タイタス

荘厳な ローマの体に 付けるには
こんなにも 老齢で ひ弱な頭 選ばずに
より相応しい 立派な頭が あるだろう
こんな衣服を 身に着けて
君達に 迷惑かけて 何になる?!
皇帝に 選ばれたと 今日 宣告が なされても
明日になれば その権威 放棄して
密(ひそ)やかな 暮らしに 入ると 言ったなら
君達はまた 大騒ぎを しなければ ならないぞ
そんなこと 新たな仕事 増やすだけ
ローマよ 私 40年間 軍人として 働いて
祖国を守り 21人の 勇敢な 息子達を 葬ってきた
戦場で 雄々しく戦い 騎士となり
祖国のために 散ったのだ
年老いた 私には 必要なのは 名誉の杖だ
世界全部を 支配する 皇帝の笏(しゃく)は 無用のものだ
それを正しく 保持されたのは 先帝だ

マーカス

タイタスよ あなたさえ 求めれば
皇帝の地位 あなたのものだ

サタナイナス

高慢で 野望に燃える 護民官

何を勝手な ことを言う！
タイタス
　サタナイナス殿下 お心を お鎮めに！
サタナイナス
　ローマ市民よ！ 私に正義を！
　貴族諸公よ この私が 皇帝に なるまでは
　剣を抜き 鞘(さや)に戻しは しないでくれよ
　タイタスよ！ 人々の 心を盗む 悪漢め
　おまえなど 地獄に早く 落ちて行け！
ルシャス
　傲慢(ごうまん)な サタナイナス殿下
　高潔な タイタスは 殿下のためを 思ってのこと
　それをどう 解釈される?!
タイタス
　殿下 どうか心を お鎮めください
　人々の 気持ちをあなたに お返しします
バスィエイナス
　タイタスよ 私はあなたに
　へつらうのでは ありません
　生涯あなたを 尊敬します
　もしもあなたが 友を集めて 私の味方と なるのなら 感謝する
　高潔な 人にとり 感謝の気持ち 最大の 報酬だから
タイタス

第1幕

　　ローマの市民 護民官の 方々よ
　　その声と 選挙権 心を込めて 私にと お預けを 頂きたい
護民官達
　　善良な タイタスの そのお心を 満たすため
　　またローマへの 無事の凱旋(がいせん) 祝うため
　　推薦される その方を 一同で 承認します
タイタス
　　護民官の 方々よ ありがとう
　　では このように 願いたい
　　先帝の ご長男 サタナイナス殿下 ご推挙します
　　彼の美徳が 太陽の神 タイタンが
　　大地を照らす 光のように ローマを照らし
　　この帝国に 実りある 正義をもたらす はずである
　　それ故に 私の推挙で 選ばれるなら
　　王冠を 彼に捧げて ご唱和を 願いたい
　　「サタナイナス皇帝よ 万歳！」と
マーカス
　　貴族の方も 平民も 拍手喝采(かっさい) 音高く
　　サタナイナス殿下を 偉大なる ローマ皇帝と
　　位置づけて 声を上げよう
　　「サタナイナス皇帝よ 万歳」と！
　　[トランペットの音]
サタナイナス
　　タイタス・アンドロニカス あなたの推挙で

今日 この私 皇帝に なれました
　　あなたの厚意に 感謝の言葉で 応えたい
　　だが言葉では 満ち足りぬので
　　身をもって 示すため
　　タイタスよ まず手始めに 名誉ある 家柄の
　　家名を 高く上げるため
　　あなたの娘 ラヴィーニャを 我が妃(きさき)とし 迎えよう
　　ローマ帝国の 王妃であって
　　私の心を 支配する 妻とするため
　　神殿で 式を挙げよう
　　タイタスよ この申し出は お気に召したか？
タイタス
　　もちろんで ございます陛下
　　その結婚は 私にとって 光栄の 至りです
　　この広大な 世界に於(お)ける 支配者で
　　王である サタナイナス陛下に
　　私 所属の 剣と戦車と 捕虜達を 献上します
　　ローマ皇帝に 捧げる品とし 名誉に懸けて
　　見劣りせぬと 信じています
　　どうかこれらを お受け取り 願います
サタナイナス
　　ありがとう 高貴なタイタス 我が生涯の 生みの親
　　あなたのことと その贈り物
　　ローマの歴史に 残しておこう

もし 私がそれを 忘れたら ローマ市民よ 私に対し
　忠誠心など 忘れても 文句は言わん
タイタス
　〈タモーラに〉さて 女王 今のあなたは
　皇帝の 捕虜である
　でも 皇帝は あなたの名誉 地位を考え
　あなたと その一族を 厚遇される はずである
サタナイナス
　美しき 女王よ 私のことを 信じればいい
　〈傍白〉選び直しが できるなら
　この美貌(びぼう) 兼ね備えている 女の方が いいのだが…
　〈声に出し〉暗い顔を 明るくされよ
　戦には 不運にも 敗れたが
　ローマにて 侮辱されたり することはない
　王侯貴族の 待遇を させましょう
　私の言葉を 重く受け止め
　不満によって 希望のすべて 失くしたり せぬように
　心から あなたのことを 慰める者
　あなたを ゴート族の 女王超える 身分にさえも
　するつもりだぞ
　ラヴィーニャよ こう言ったとて
　気分害しは しないだろうな
ラヴィーニャ
　いいえ 少しも 王侯の 礼儀とし

仰ることは 当然の ことですわ

サタナイナス

　ラヴィーニャよ ありがとう ローマ市民よ さあ行くぞ

　身請けの金は 一切取らず 捕虜達は 解放致す

　皆の者 トランペットと 太鼓によって

　私の栄誉を 宣告致せ

　［トランペットと太鼓の音］

　（黙劇でサタナイナスはタモーラに求愛する）

バスィエイナス

　タイタス 失礼ながら 娘さまは 私のものだ

　（ラヴィーニャの手を握る）

タイタス

　殿下 何ですと?! 本気なのです？

バスィエイナス

　本気です タイタス

　私には 理由も 権利も あるのです 決意は固い

マーカス

　「各人に 各人のものを」[5]これがローマの 正義であるぞ

　自分のものを 殿下自身が 所有されるの 当然のこと

ルシャス

　この私 生きているうちは そうなるだろうし

　そうしてみせる

5　原典 "Suum cuique"［ラテン語］。古代ギリシャ時代からの「正義」の理念。

タイタス

　下がれ！ この謀叛人！ 皇帝の 護衛は どこだ?!
　反逆だ！ 陛下 ラヴィーニャが 拉致されますぞ！

サタナイナス

　拉致される?! 誰によってだ⁉

バスィエイナス

　婚約を 交わした者だ その私が どこへ連れても
　文句など 言わせぬからな
　（ラヴィーニャを連れて、マーカス、
　　バスィエイナス退場）

ミュシャス

　兄上ら ラヴィーニャを 連れ出してくれ！
　この僕は 剣を抜き ここの扉を 死守します
　（ルシャス、クウィンタス、マーシャス退場）

タイタス

　陛下は後に おいでください すぐに私が 連れ戻します

ミュシャス

　このドアを 通すわけには いかないのです

タイタス

　何を言う！ 生意気な奴！
　ローマに於いて このわしを 通さぬと
　（ミュシャスを刺す）

ミュシャス

　助けて！ ルシャス 頼むから… （死ぬ）

(ルシャス登場)

ルシャス

父上 正義に悖(もと)る 所業です

不当なる 口論で 自分の息子を 殺すとは!

タイタス

おまえも奴も わしの息子で あるものか

息子なら わしに恥など かかせるわけが ないだろう

謀叛人! 皇帝に ラヴィーニャを お返しせぬか!

ルシャス

死骸でも いいのなら お返しします

妻としてなら 拒否します

妹には 法的に 結ばれる 結婚相手が いるのです

(退場)

サタナイナス

もうやめろ タイタス 無用なことだ

皇帝の 俺にとっては 彼女など 必要はない

ラヴィーニャも おまえも含み 一族の者 みんなだぞ

一度なら 俺のことを からかう者も

悠然(ゆうぜん)と 許しもしよう

おまえはだめだ 高慢で 裏切り者の 息子達もだ

---

6 ここでサタナイナスは本性を現したので、訳者(Ys.)は「私」から「俺」に変えた。

徒党を組んで この俺に 恥をかかせて！
　　ローマに於いて 俺の外に 笑いものに してやる奴は
　　いなかったのか？
　　タイタス 俺がおまえに 乞い願い
　　皇帝の地位 譲り受けたと 言ったとか
　　ホラ吹きの おまえの行為と 完全に 一致しておる

タイタス

　　ああ 何てことを 仰るか?!
　　私に対し ひどい中傷 そのものだ

サタナイナス

　　好きなように するがいい
　　早く行き 心変わりの 早い娘に 剣などを 見せつけて
　　自分のものと 言った男に くれてやれ！
　　勇敢な 義理の息子が 現れて
　　さぞかしおまえも 嬉しいだろう
　　無法者の 息子らと 徒党を組んで
　　ローマの街を 威張り散して 歩く姿が 目に浮かぶ

タイタス

　　そのお言葉は 傷ついた わしの心を
　　剃刀(かみそり)で 切りつける ようなもの

サタナイナス

　　愛しいタモーラ 妖精達に かしずかれ
　　優雅な姿の 月の女神の ダイアナのよう
　　ローマの華麗な 貴婦人達を 凌駕(りょうが)している

ゴート族の 女王よ
　　話は急で すまないが お気に召すなら 結婚し
　　ローマに於いて 王妃になって もらいたい
　　ゴート族の 女王よ 承知して くれるだろうな
　　いい返事 もらいたい
　　ローマのすべての 神々に ここに誓うぞ
　　神官も 聖水も 近くに在(あ)るローソクも 明るく燃えて
　　婚礼の神 ハイメンを 迎える用意 整っている
　　挙式を済ませ 花嫁と共に ここを出るので ないのなら
　　もう二度と ローマの道は 歩かない
　　宮殿に 上がることも ないだろう

タモーラ
　　天に在(まし)す 神々の前で
　　今ここに ローマに対し 誓います
　　サタナイナスが ゴート族の 女王を
　　ローマの王妃に 昇格させて 頂けるなら
　　皇帝の望み通りの 小間使いとなり
　　生まれ来る 王子や王女の 乳母となり 母となります

サタナイナス
　　麗しの 女王よ では 神殿に 向かうのだ
　　諸侯の方々 高潔な 皇帝と
　　サタナイナスに 天が与えた 美しい 花嫁に
　　付き従って 来てもらいたい
　　花嫁は 英知によって 幸運を 射止めたのだぞ

第 1 幕

では 婚礼の 儀式のために 参りましょう
(タイタスを残し、一同退場)

タイタス

花嫁に 付き添えと このわしは
一切何も 言われなかった
タイタスよ これほどまでに 名誉を穢(けが)され
誹謗中傷 されたことなど あっただろうか!?
町中に たった一人で 残されて…

(マーカス、ルシャス、クウィンタス、マーシャス登場)

マーカス

ああ タイタス 何ということ なさったのか!?
口論の末 立派な息子を 殺してしまい…

タイタス

何を言う! 愚かなる 護民官 それは違うぞ
もうあれは 我が息子では ないからな おまえもだ
共謀し 家名を穢す 行動を 取ったからだぞ
卑劣な弟と 息子達だな

ルシャス

でも弟に 相応しい 葬儀はさせて もらいます
ミュシャスを兄弟が 眠っている 墓に入れて やるのです

タイタス

裏切り者め 消え失(う)せろ!

27

ミュシャスなど この霊廟に 入る資格は 何もない
　　この霊廟は５百年前 建てられた
　　それをわしが このように 豪華なものに 改築し
　　今日(こんにち)の 姿になっている
　　この墓所は ローマのために 命を捧げた 勇士だけ
　　栄誉とし 眠る権利が もらえるのだぞ
　　喧嘩ごときで 卑しくも 死んだ奴など
　　入れる場所では ないからな
　　どこにでも 好き勝手にと 埋めればいいぞ
　　この霊廟には 入らせん！

マーカス
　　兄上 それなどは 不敬な行為
　　甥のミュシャスは 名誉ある 功績を 立てました
　　兄弟の 霊廟に 眠らせて やることは 当然のこと

マーシャス
　　眠らせて みせましょう それができねば 後を追います

タイタス
　　眠らせて みせるだと！
　　そんな言葉を 吐いた奴 どこのどいつだ⁉

マーシャス
　　ここでなくても どこにいたって
　　同じ言葉を 言う者ですよ

タイタス
　　何だって⁉ わしに逆らい ここに納める⁈

第1幕

マーカス

　いいえ 兄上 逆らってなど おりません

　お願いを しているのです

　ミュシャスを許し ここに埋葬 させてください

タイタス

　マーカス おまえでさえも このガキ共と

　わしの頭上に 一撃加え わしの名誉を 傷つけるのか！

　おまえ達 全員が わしの敵だぞ

　もう これ以上 煩(わずら)わせるな

　とっととどこかに 消えて行け！

クウィンタス

　狂気の沙汰だ ひとまずここは 引き揚げましょう

マーシャス

　ミュシャスの埋葬 済むまでは 僕は引かない

　（マーカスと息子達は跪(ひざまず)く）

マーカス

　兄上よ 肉親として お願いします

マーシャス

　父上よ 兄弟として 訴えています

タイタス

　他のことは 別として このことは もう言うな

マーカス

　高名な タイタスよ 我が魂の 礎(いしずえ)として…

ルシャス

29

親愛なる 父上よ
我々の 心身の 源である タイタスよ…

マーカス

弟の マーカスに 寛容の お気持ちで
高潔な 甥を 栄誉の墓に 埋葬するのを お許しください
甥のミュシャスは ラヴィーニャのため
名誉ある死を 遂(と)げました
兄上は ローマ人です 野蛮人では ありません
レアティーズの 息子の忠告 受け入れた ギリシャ人[7]には
自殺した エイジャックスの 埋葬を 許す分別 ありました
あなたにとって 喜びであり 若くして 亡くなった
私の甥の 埋葬を させてください

タイタス

立つがいい マーカス 立ち上がれ
これほどの 惨めな日は 経験がない
ローマに於いて 息子らに 辱めなど 受けるとは！
では 好き勝手にと 埋葬すれば いいだろう
だが次は わしの遺体も…
（ミュシャスの遺体は霊廟に入れられる）

ルシャス

兄弟共に 安らかに 眠るのだ
記念の品で おまえの墓を 飾ってやるぞ

---

7 ギリシャ語では、オデッセウスのこと。英語/ラテン語では、ユリシーズにあたる。

（一同跪いて）高潔な ミュシャスのために
涙流しは しないから
美徳のために 死んだおまえの 名声は 永遠に 生きるのだ

マーカス

兄上よ— この暗い 気持ちから
抜け出すために お教えください—
あの狡猾な ゴート族の 女王は
どうして急に ローマの王妃に なったのですか？

タイタス

わしにもそれが 分からんのだが 現実は そうだと分かる
策略か そうでないかは 神のみぞ知る
この急激な 昇進に
彼女をここに 連れて来た わしのことを
忘れては いないはず

マーカス

その通りです 兄上の恩に 報いるでしょう

([トランペットの音] 一方から、サタナイナスと従者達、
タモーラと二人の息子とアーロン登場。もう一方から、
バスィエイナス、ラヴィーニャ、その他 登場)

サタナイナス

おい バスィエイナス いい戦利品 手に入れたよな
素晴らしい 花嫁で 幸せになるだろう

バスィエイナス

　兄上も そうあるように 願っています

　私には そう言うだけが 精一杯だ では 失礼します

サタナイナス

　裏切り者め！ ローマには 法がある

　もしわしに 権力が 備われば おまえら一味の 者達は

　レイプの罪を 悔いることに なるだろう

バスィエイナス

　心から 愛する人で 今はもう 妻である

　ラヴィーニャを 自分のものに することが レイプです?!

　ローマの法に 任せます

　それまでは 自分のものに しておきましょう

サタナイナス

　無礼な態度 好きなように するがいい

　だが いつの日か 痛い目に 遭わせてやろう

バスィエイナス

　兄上よ 自分が為した ことに対して

　命に懸けて 責任は取る 覚悟でいます

　ただ兄上に 一つだけ 知って欲しい 事柄が あるのです

　私がローマに 負っている 義務に懸け 申します

　ここにおられる 高潔な タイタス殿は

　名声と 栄誉に於いて 不当な扱い 受けられています

　ラヴィーニャを 救おうとして

　自らの手で 末の息子を 殺しましたが

それなども 兄上に 忠誠尽くし
心を込めて 与えたものを 横取りされて
怒り狂った せいなのですよ
タイタスを どうか大事に なさってください
あなたにも ローマにも 父であり 友である
そのことを 示すため 行動に 出たのです

タイタス

パスィエイナス殿下 わしの行為に 弁解は 不必要です
わしに恥を かかせたの 息子らと 殿下ですから
正義の神と ローマとが 裁判官だ
サタナイナス陛下への 忠誠心は
揺るぐことは ありません

タモーラ

尊敬に 値する 立派な陛下
陛下の目に タモーラが 感じ良く 映るなら
皆さまに 平等にと 話す言葉を お聞きになって
過ぎ去ったこと お許しに なるように お願いします

サタナイナス

何を言う⁉ タモーラ 人前で 侮辱され
復讐を することもなく 耐え忍べと 言うのかい?!

タモーラ

いえ それは 違います ローマの神は ご存知ですよ
陛下に恥を かかせたり するわけが ありません
でも少し 名誉に 懸けて 申します

タイタスさまは 無実です
彼にある 嘆き悲しみ 怒りとなって 出たのです
お願いだから どうかこの方 大切に してあげて
妄想で 高潔な友を 失くしたり
しかめっ面で 彼の優しい 心根を
傷つけたりは なさらないでね
〈サタナイナスに傍白〉私の忠告 お聞きになって
あなたの中の 悲しみや 不満など
顔に出さずに いてくださいね
まだ皇帝に なられたばかり
平民も 貴族の方も 公正に この状況を 判断し
タイタスの 味方となって
ローマでは 悍(おぞ)ましい 罪である 忘恩の 罪のため
あなたをすぐに 退位させるか しれません
それ故に 嘆願を 聞いてやり
後のことなど どうか私に`お任せを
いつの日か 彼らみんなを 虐殺し
一族郎党 根絶やしに してやりますわ
大切な 息子の命 助けてと 町中で
女王が 跪(ひざまず)くのも 顧(かえり)みず 無下(むげ)に 願いを 一蹴(いっしゅう)し
惨殺した 非道な父と
裏切り者の 息子達を 許すわけには いきません
〈声に出し〉さあ お優しい 陛下
タイタスの 手を取って

嵐のような 陛下の怒りで 生きた心地も 無くしている
　　善良な 老人を お労(いたわ)り くださいね
サタナイナス
　　立ち上がれ タイタス 王妃には 勝てないからな
タイタス
　　ありがとう ございます 陛下や王妃
　　そのお言葉と 顔つきで
　　私には 生きる力が 湧いてきました
タモーラ
　　タイタス 今は私も ローマの一員
　　幸いに ローマ人にと なったからには
　　皇帝のため アドバイス しなければ なりません
　　タイタスよ 今日この日から 諍(いさか)いは やめましょう
　　陛下 あなたの友と あなたとを 和解させ
　　私はそれを 誇りとします
　　バスィエイナス殿下 あなたも今後
　　より温厚で 柔順になると
　　私から 陛下に約束 しておきましたよ
　　貴族の方も あなた方も ラヴィーニャも
　　恐れることは ありません
　　跪き 陛下には お許しを 願われれば いいのです
ルシャス
　　跪き 天と陛下に 誓います
　　妹や 我々の 名誉のことを 考えたなら

我々の 行動は 最大限に 穏やかな やり方でした
マーカス
　　ルシャスが言った そのことは 真実と 断言します
サタナイナス
　　どこかに失せろ！ 話など 聞きたくもない
　　つき纏(まと)うなよ
タモーラ
　　いいえ だめです 寛大な 我が陛下
　　私達 団結すべき ときなのですよ
　　護民官や 甥達が 跪き 許しを求めて いるのです
　　私の案を お認めください
　　ねえ 陛下 ご機嫌を 直してください
サタナイナス
　　マーカス おまえのためと そこにいる 兄のため
　　それに加えて 美しい タモーラの 願いとあらば
　　若者達の 忌まわしい罪を 許してやろう 立つが良い
　　ラヴィーニャ おまえは俺を 下層民 扱いをして
　　俺のもとから 立ち去った
　　しかし この俺 生涯の 伴侶を得て
　　神官の前で 別れることは 一切ないと 誓約もした
　　皇帝の 宮廷が 二人の花嫁 もてなすことを 許すなら
　　ラヴィーニャも その親族も 快く 迎えよう
　　タモーラ さあ 今日という日を
　　愛の日と しようじゃないか

タイタス

　もしも明日 陛下のお気に 召すのなら
　私と共に 豹や鹿の 狩りにお出掛け されません？
　角笛と 猟犬を 用意して 明日の朝 お迎えに 参ります

サタナイナス

　タイタス それでは頼む 感謝致すぞ

　（[トランペットの音] 一同退場）

第2幕

第1場

ローマ 宮殿の前

(アーロン登場)

アーロン
 タモーラは今 オリンパスの 山頂に 登り詰めたぞ
 運命の矢も 届かない 安全の地に 気高く座して
 雷鳴の 激しい音も 聞こえずに
 稲妻の 閃光(せんこう)も 見えない所
 朝になり 黄金の 太陽が 姿を見せて
 大海を その光にて 黄色に染め
 光輝く 馬車に乗り 天空を 駆け巡り
 雲にそびえる 山々を はるか眼下に 見下ろして
 君臨するのが タモーラだ
 地上の栄誉は 彼女の知性に 平伏し 美徳なら 謙(へりくだ)り
 彼女が機嫌を 損ねないかと 震え出す
 それならば このアーロンも 心を強く 決意を固め
 皇帝の 女と同じ 高さへと 登ってやるぞ

第 2 幕

長期にわたり その心を 征服し
情欲の 鎖で俺が 虜にしてた 女だからな
コーカサスで 磔にされた プロメテウスと 比べても
それより 固く 魅力的な 俺の目で 縛りつけて いたからな
奴隷の服や 奴隷的 根性は 捨ててやる！
新たな王妃に 仕えるために
真珠と黄金 身に付けて きらびやかに 輝いてやる
仕えると 言うなんて⁉ いや違う
ローマの皇帝 サタナイナスを 魅惑した
この女王で この女神 このセミラミス
この妖精 この妖婦を この俺は 弄ぶのだ
おや?! あの騒ぎは 何だろう？

(口喧嘩をしながら、ディミートリアス、カイロン登場)

ディミートリアス

おまえは若く 知恵がない
知恵があっても 実行性に 問題がある

---

[8] 「火」を盗んで、人類に与えたことで、全能の神ゼウスによって、コーカサスの山頂に磔（はりつけ）にされた。ゼウスの予言通り、人類は火により暖を取り、調理もできるようになったが、火によって武器を作り、殺し合いを始めることになった。
[9] 紀元前 8 世紀のアッシリアの伝説上の女王。官能的な快楽に溺れ、残酷であった。その話の実際のモデルとなった人物はそれより百年遡り、アッシリアのアダト 5 世の王妃。

俺のことが 好かれているの 知っていて
　　割り込むなんて 礼儀に欠ける
カイロン
　　兄上は すべてのことに 傲慢で
　　今回の 場合でも 高圧的に
　　この俺を 押さえつけてる
　　年齢が 一歳か 二歳違いで
　　俺の方は 恩恵が 少なくて 兄上が 恵まれている
　　そんなこと あっていいとは 思えない
　　俺だって 彼女を愛し 愛される 能力も 資格もあるぞ
　　何なら剣で 決着を つけようか
　　ラヴィーニャへの 俺の愛を 証明しよう
アーロン
　　大変だ！ 大変だ！ 喧嘩はやめて 落ち着きなさい
ディミートリアス
　　おや 小僧 俺達の 母親が しっかりと 考えもせず
　　おまえの腰に ダンス用の 飾りの剣を
　　付けたからと そんな理由で
　　身内の者を 脅すとは 生意気な奴！
　　やめておけ その木刀は 鞘(さや)に収めて
　　使い方が よく分かるまで 膠(にかわ)づけでも しておけばいい
カイロン
　　俺の方なら 剣の技は 卓越してると 言えないが
　　兄上ならば 充分に 思い知らせて やるからな

ディミートリアス

やるか! 小僧 高飛車に 出やがって!

(二人は剣を抜く)

アーロン

まあ どうしたんです?! お二人共に

宮殿の こんな近くで 剣を抜き

公然と 喧嘩騒ぎを 起こすなど

その諍(いさか)いの 原因は 充分に 知っていますが

百万の 金貨を出すと 言われても

関係のある 人にだけは 知られたく ないでしょう

あなた達の 気品ある お母さまなら

それ以上の 額を出しても

ローマの宮廷で 赤恥は かきたくは ないでしょう

恥ずべきですよ 剣は今すぐ お収めを!

ディミートリアス

俺の剣が 奴の胸に 収まるまでは 絶対鞘に 収めない

それと一緒に 今ここで この俺を 侮辱するため

非難した 言葉はすべて 奴の喉に 突き返してやる

カイロン

待ってました 俺にやる気は 充分に あるからな

口先だけの 臆病者め 話す言葉は 雷オヤジ

武器を持ったら お嬢さま!

アーロン

おやめください!

勇壮な ゴート族が 崇(あが)める神に 懸けて言います
このような くだらぬ 喧嘩が 我々を 破滅させます
ローマに於いて 王族の 権利に対し 手出しするなど
いかに危険か 少しでも 考えりゃ 分かることです
どうでしょう?!
ラヴィーニャは ふしだらに なりました?
バスィエイナスは 堕落しました?
彼女のことで 喧嘩して 叱責もなく 処罰もなくて
報復処置も ないとでも 思うのですか?
あなた方 気をつけて くださいね
もしも王妃に 知られたら
不協和音に 心乱され 嘆かれるはず

カイロン

母上や 全世界が 知ろうとも 気にするものか
この俺は ラヴィーニャを 愛してるんだ
全世界 以上にな

ディミートリアス

小童(こわっぱ)め! 程度が下の 女を選べ
ラヴィーニャは おまえの兄が 所望(しょもう)している

アーロン

本当に 気は確かです?!
ローマ人は 気が荒く 気短だ
恋敵(こいがたき)など 現れたなら 容赦はしない
あなた達 そんな考え 抱(いだ)くのは 自殺の道を 進むこと

カイロン

　アーロン 俺はなあ 愛する女を 得るためならば
　何度死んでも 構わない

アーロン

　どうやって あの女を 自分のものに するのです？

ディミートリアス

　何をそんなに 不思議がるのか?!
　あれは女だ だから俺は 口説くのだ
　あれは女だ だから俺は モノにする
　目指す相手は ラヴィーニャだ
　だから彼女は 愛されるべき
　よく考えろ！
　水車小屋の 番人が 知らぬ間も 水車に水は 流れ込む
　切ってある パンの山から 一切れを 盗むのは 簡単だ
　バスィエイナスは 皇帝の 弟だ
　彼よりも 地位の高い 男でも
　頭には 妻の不倫の 象徴の 角を生やして いるからな

アーロン

　〈傍白〉その通り サタナイナスが そのいい例だ

ディミートリアス

　話す言葉や カッコ良さ 身につけて
　プレゼントを 贈りつけ
　女を射止める 方法を 熟知している 俺がなぜ
　絶望しなきゃ いけないのかい?!

森番の 目をかすめ 鹿を射止めて
取って帰った 経験は あるだろう？
アーロン
ほんの少しを 掠(かす)めとるので いいんです？
カイロン
要求が 満たされたなら それでいい
ディミートリアス
アーロン おまえ 気の利いたこと 言ったよな
アーロン
気の利いたこと できたらそれで いいんでしょう
それでこの 騒ぎなんかは けりがつく
いいですか しっかりと お聞きください
こんな問題 喧嘩するのに 値しません
二人とも 成功すれば いいんでしょう
カイロン
俺ならそれで いいんだが…
ディミートリアス
モノにできたら それでいい
アーロン
恥ずべきですね 喧嘩はやめて 協力し合い
うまく手に 入れたなら 解決ですよ
そのために 巧妙な 策略と 実行力が 必要ですね
欲しいもの 簡単に 手に入らねば
忠告ですが それだけの 固い覚悟が 必要ですよ

バスィエイナスの 妻である ラヴィーニャも
貞節の 鑑(かがみ)とし 世に知られている
ルークリース[10]と 同じこと
ぐずぐずと 手間取るよりも 手っ取り早く
やっちまうのが いいですな そのやり口は 考えました
荘厳な狩り もうすぐに 始まりますぞ
美しい ローマの貴婦人 数多く 来られます
森は広くて 際限がない
その中に 暴行や レイプするのに 最適な
人など誰も 来ない場所など いくらでもある
可愛い鹿を その場所に 追い込んで
言葉でだめなら 力ずくで 犯してやれば いいんです
そのやり方が ベストです
他に手は ありませんから さあ この計画だ
生け贄(にえ)を 必要とする 悪行や 復讐に
聖なる知恵を お持ちの王妃に 報告を 致しましょう
王妃はきっと 我々の 計画を スムーズに
進めるための アドバイス くださるでしょう
お二人が いがみ合わずに

---

10 紀元前6世紀のローマの貴婦人。夫の留守中に客人（ローマ皇帝の息子）に凌辱されて、遺書を残して自害。夫と父により復讐がなされ、横暴なローマ皇帝の悪政を排除し、ローマに共和制が誕生した。シェイクスピアの時代、イギリスでルークリースの絵柄が入った指輪が流行していた。

充分に お望みが 叶うように なるはずですよ
　　宮廷などは 噂話で 満ち溢れ
　　人の口 目や耳が 立ち働いて いますから
　　ところが森は 冷酷で 恐ろしく
　　聞く者は 誰もなく 薄暗い
　　何を言おうと 何をしようと お二人は 勝手気ままに
　　代わる代わるに やればいい
　　森の木陰で 欲望を 満たしたら いいのです
　　ラヴィーニャの お宝を 存分に 楽しむのです

カイロン
　　おまえの立てた 計画は 大胆だ

ディミートリアス
　　正しかろうが そうでなかろうが
　　法律が あってもなくても
　　俺の欲望 満たすため 冷たい川を
　　見つけるまでは どうにもならぬ　（三人 退場）

第 2 場

森の中

（[角笛の音 猟犬の吠える声] タイタス、マーカス、ルシャス、クウィンタス、マーシャス登場）

タイタス

　いよいよ狩りの 始まりだ
　太陽が 灰色の空を 明るく照らし
　野原は花の 香りで溢れ 森は緑に 染められている
　さあ 猟犬を 解き放ち 太い声で 吠えさせろ
　皇帝と 美しい 花嫁を 目覚めさせ
　宮廷に 角笛を 響き渡らせ 殿下も共に お起こししよう
　息子らよ 皇帝の 身辺警護 わしと共に やるのだぞ
　昨日の夜は ぐっすりと 眠れなかった
　だが 夜明けになると 新たな力が 湧いてきた
　［猟犬の吠える声 角笛の鳴り響く音］

（サタナイナス、タモーラ、バスィエイナス、ラヴィーニャ、カイロン、ディミートリアス、従者達 登場）

　陛下 お早うございます 王妃にも ご機嫌麗しく
　お約束 致した通り 角笛吹かせ お迎えに 参りましたぞ

サタナイナス

　しかも陽気に 吹き鳴らしたな
　だが 新婚の ご婦人方に 早過ぎでは なかったか？

バスィエイナス

　ラヴィーニャ 君は どうだった？

ラヴィーニャ

　私なら 大丈夫です

2時間も前 もう起きて おりましたから
サタナイナス

それでは行こう 馬と車を 用意して 狩りに向かって…
〈タモーラに〉ローマの狩りを 見せてやる
マーカス

私の家の 猟犬は 獰猛な 豹でさえ 狩り出しますし
どんな険しい 頂きにでも 駆け上がります
タイタス

私の馬は 逃げる獲物を どこまでも 追跡します
平原ならば 燕の速さで 疾走します
ディミートリアス

〈傍白〉カイロン 俺達の 狩りになど
馬や犬など 無用だな
きれいな 雌鹿を 地面に転がし
いたぶるだけで いいんだからな （一同 退場）

第3場
森の人気のない場所

（金貨を詰めた袋を手に、アーロン登場）

アーロン

知恵がある奴 この俺を 知恵がないと 思うだろうよ

これほどの 多くの金貨 木の根の下に 埋めちまい
それみんな ここに放置 するんだからな
俺を馬鹿だと 蔑(さげす)む奴に
この金貨は 狡猾な 策略に 必要で
うまく効果を 発揮したなら 最高級の 悪事さえ
生み出すことを 教えてやろう
そういうわけで 素敵な金貨 しばらくそこで 寝ていろよ
王妃から 施しを もらってる 者達を 出し抜いてやる
(金貨を隠す)

(タモーラ 登場)

タモーラ

愛すべき 私のアーロン
どうしてあなたは 憂鬱な 顔つきを しているの?
他のすべては 朗(ほが)らかで 生き生きと しているのに?!
小鳥達 あちらこちらの 茂みの中で 歌っているし
蛇などは 心地良い 日差しの中で
トグロを巻いて 眠ってる
爽(さわ)やかな 緑の葉 涼しげな 風に揺らいで
大地の上に 格子模様の 影を作って いるのです
アーロン 安らげる 木陰の所に 座りましょうよ
鳴り響く 角笛に 甲高く 応えるし
ざわめく木霊は 猟犬を 惑わせるわね

一度に二つの 狩りがなされて いるようね
ゆっくり座り 猟犬達が 吠え立てる
音でも聞いて 過ごしましょう
遠い昔に 放浪してた 王子とダイドー 運良く急に
嵐に見舞われ 秘密を守れる 洞穴(ほらあな)に 逃げ込んで
しばらくの 葛藤の後 結ばれたように
私達 お互いの 腕に抱かれて 快楽を 貪(むさぼ)った後
黄金の 眠りに就くと いうことも 素敵じゃないの?
その間 猟犬や 角笛や 可愛い鳥の メロディーは
私達には 赤ん坊を 寝かしつけてる
乳母が歌う 子守唄に 聞こえるでしょう

アーロン

王妃さまは 金星に 支配され 欲望に 溢れているが[11]
この俺を 支配するのは 土星です[12]
死人のような この目つき 沈黙や 憂鬱そうな 暗い表情
トグロを巻いた マムシがそれを 解いたよう
俺のこの 縮れ毛が 直毛に なるなんて
これは何を 意味していると 思うのですか?
死を呼ぶ 行為を するためじゃ ないでしょうかね?
誤解しないで くださいよ
性欲の 発露なんかじゃ ありません

11 　原典 "Venus"「ヴィーナス」はローマ神話の愛と美の女神。
12 　原典 "Saturn"「サタン」はローマ神話の農耕の神。「不屈」の意味があり、試練の星。

胸にあるのは 復讐心で 手には死が あるのです
頭の芯で 響くのは 血の報復だ
聞いてください 俺の心の 王妃タモーラ
あなたのもとで 安らぐ以上の 天国は ありません
今日というのは バスィエイナスの 最期の日です
彼の新妻 ラヴィーニャは 今日という日に
あの鶯[13] のように 舌を切られて 歌えなくなる
あなた二人の 息子さんらは
ラヴィーニャの 貞操奪い
バスィエイナスの 血で手を洗う
この手紙を 読んだなら それを持ち
死を呼び起こす 計画書を 皇帝に お届けを
今は質問 なさらずに 人の目が ありますからね
ここに獲物の カップルが やって来る
命を失くす ことも知らずに 平然と…

タモーラ

ああ 素敵なムーア 何よりも 素敵なあなた

---

13 原典 "philomel"「歌が好きな人」という意味。ギリシャの伝説で、トラキア王テレウスに嫁いだ姉は死んでしまったと偽って、妹のフィロメラを呼びつけて、強姦し、その後に口封じのために舌を切り取り、それを知った姉は、夫であるテレウスとの間にできていた息子を殺し、その肉を夫に食べさせた。これを知り、テレウスは二人を殺そうとしたが、神が二人を哀れんで、姉を鶯に、妹を燕に変身させて救った。ローマの訳者がこれを間違って逆にしたために、フィロメラが鶯になったままである。

アーロン

　王妃さま そこまでにして！

　バスィエイナスが やって来る

　奴に喧嘩を ふっかけて もらえます？

　俺は喧嘩の 助っ人に 息子さんらを 呼んで来る

　喧嘩の種は 何でも結構

（バスィエイナス、ラヴィーニャ登場）

バスィエイナス

　おや これは ローマの王妃

　適切な 身辺警護も 付けないで…

　それとも あなた 聖なる木立ちを 脱け出して

　この森で 始まった 狩りの見物 するために やって来た

　王妃の衣服 纏(まと)っている 月の女神の ダイアナですか？

タモーラ

　他人のことに 口出しを するなんて 生意気な 男だね

　ダイアナが 持っていた 神秘なパワーが あるのなら

　あなたの頭に 角が生え アクタイオンと 同様に

　変身した あなたの手足に 猟犬達が

　嚙みついて いたでしょう

　あなたは何て マナーに欠ける 侵入者なの！

ラヴィーニャ

　王妃さま 失礼ですが あなたには 夫の頭に

角を生やす 特別な 才能を お持ちだと 評判ですね
あなたと あのムーア人 今ここで 角を生えさせる 実験を
なさっていたと 疑いが 持たれますわね
神様が 今日はあなたの ご主人が 猟犬と
出会わないよう お守りなさる ことを信じて おりますわ
猟犬に 雄鹿だと 思われたなら 気の毒ですわ

バスィエイナス

しっかりと お聞きください 王妃よ
あの浅黒い キンメリア人[14] あなたの名誉を
彼にある 肌の色ほど 汚しています
染(し)みが付き 忌まわしく 嫌悪感を 催すものだ
なぜあなたは 供の者から 黙って離れ
美しい 白馬から 降り立って
こんなにも 訝(いぶか)しい 場所などへ
下劣なムーアと 連れ立って
こっそりと やって来たのか?!
邪(よこしま)な 情欲に 駆られてでは ないのです?

ラヴィーニャ

せっかくの 楽しみを 邪魔されたので
私の立派な 主人のことを 生意気だなどと 仰ったのね
ねえ 私達 もうどこかへと 行きましょう
そうすれば この人は 烏(からす)の 肌の色をした 愛人と

---

14 小アジアの放牧民。

楽しく過ごす 時間が持てる この谷間
　　その目的に 好都合よね
バスィエイナス
　　兄上の 皇帝も このことに 気づくだろうよ
ラヴィーニャ
　　脱け出したのは 皇帝も 気づかれて いましたわ
　　皇帝とも あろう方が これほどまでに 愚弄され…
タモーラ
　　どうして私は こんな侮辱に 耐えないと いけないの⁉

（ディミートリアス、カイロン登場）

ディミートリアス
　　どうされました？ 王妃であって
　　我々の 恵み深い 母上よ
　　そんなにも 蒼ざめた 顔をなさって！
タモーラ
　　蒼ざめている 理由がないと 思うのですか⁈
　　この二人 こんな所に 私一人を 連れ込んだのよ！
　　人気(ひとけ)もなくて 不気味な 谷間
　　見るだけで 悍(おぞ)ましい 場所なのよ 分かるわね
　　夏というのに 木々はまだ 哀れなほどに 痩せていて
　　湿った苔(こけ)と ヤドリギに 覆われて 枯れかけている
　　太陽の 光さえ この場所に 届かない

夜のフクロウや 不吉な鳥 以外のものは
住むなんて できないわ
そして二人が この恐ろしい 洞穴を
指差して 言ったのは
真夜中に なったなら 何千と 悪魔が現れ
不気味な音を 立てている蛇
何万と 膨れ上がった ヒキガエル ハリネズミ
寄り集まって わけの分からぬ 恐ろしい 叫び声上げ
それを聞いた 人間は 発狂するか
即死すると 言われてる 地獄のような 話の後で
陰鬱な イチイの木に 私の体 縛りつけ
ここに放置し 惨めな死を 迎えさせると 言ったのよ
その上に 私のことを 腐り果てた 淫婦だし
ふしだらな ゴートとか ありとあらゆる 悪口雑言
好き放題に 言い立てたんだ こんなこと 初耳よ
幸運に 恵まれて あなたらが 来てくれたので
助かりました
そうでなければ ひどい目に 遭わされていた
母親を 大事だと 思うのならば 復讐を しておくれ
そうしないなら 私の子供と 呼ばれる資格 ないからね

ディミートリアス

この俺が あなたの子だと 証明するぞ！

（バスィエイナスを刺す）

カイロン

俺からも！ とどめを刺して やるからな！
　（パスィエイナスを刺し殺す）
ラヴィーニャ
　ああ 何ということ！ セミラミス！[15]
　でも 野蛮人 タモーラの その本名が
　どのような 名前より 本性に 相応しい
タモーラ
　腰につけている その短剣を 貸しなさい
　目に物見せて やるからね
　母親が 自らの手で 受けた恨みを 晴らすのを
　しっかりと 見ておくのだよ
ディミートリアス
　母上よ お待ちください その女には まだ借りがある
　まず最初 麦の穂を 打ち取ってから[16]
　麦わらは 燃やすのだ
　この女 貞節や 婚礼の 誓いなど
　名目上の 望みを楯に 母上に 刃向かって きましたね
　そのことを 放っておいて すんなりと
　墓地に 埋葬 させるのですか?!
カイロン
　もし そんなこと 許すなら 俺は男と 思えない

15　アッシリアの伝説上の残虐非道な女王。
16　原典 "thrash"「脱穀する」と「（体罰として）強く叩く」の二つの意味。

そいつの夫を どこかの窪(くぼ)みに 引きずって行き
その死体 女の枕に してやって
そこにいる 女の体で 俺達の 性欲を 満たしてやろう

タモーラ

でも 言っておく 欲しい蜜を 手にしたら
その蜂を 生かしておいては だめですよ
私達 刺されるからね

カイロン

それは母上 お任せを 確かに始末 つけておきます
さあ 奥さん 力ずくでも 大事にしている あんたの操を
たっぷりと 味わわせて 頂こう

ラヴィーニャ

ああ タモーラ 女の顔を しているのでしょう…

タモーラ

こんな女の 声などは 聞きたくないわ
早くどこかへ 連れてって！

ラヴィーニャ

お優しい お二人の 王子さま
お母さまに どうかお願い してください
私の話を 聞くようにと

ディミートリアス

母上 聞けばいい
そいつの涙を ご自分の 名誉だと 思えばいいさ
涙の雨に あなたの心を 無慈悲な石に すればいい

ラヴィーニャ

　虎の子供が 母親に 物事を 教えたことが ありますか？
　お母さまに 怒りなど 教えても無駄
　お母さまが あなたにそれを 教えたのでしょう
　あなたが吸った 母乳は石に 変化して
　乳首くわえた そのときに 暴虐(ぼうぎゃく)さ 身につけたのね
　でも どんな 母親も 子供らを
　全く同じ 育て方など しないわね
　〈カイロンに〉女性らしい 憐れみの情 見せるようにと
　あなたから お願いしては 頂けません？

カイロン

　何だって！ 俺のこと 私生児と 言うのかい⁉

ラヴィーニャ

本当に！ ワタリガラスは ヒバリの卵を かえさない
ああ でも私 こんな話を 聞いたことが ありますわ
今それが 起こるなら いいのですけど
百獣の王 ライオンが 憐れみの 気持ちを起こし
堂々とした 自分の爪を 切らせたという 話があるわ
ワタリガラスは 自分の雛(ひな)が 飢えているのに
捨てられた 人間の子を 育てたという 話もあるわ
ああ！ あなたの固い 心が「ノー」と 言おうと
優しくは しなくてもいい ただ憐れみを お掛けください

タモーラ

　何の話か 私には 分からない

早くどこかに 連れ出しなさい！
ラヴィーニャ
　　分からなければ 教えさせてよ
　　私の父は あなたのことを 殺しても 良かったけれど
　　あなたの命を 救いましたね
　　だから それほども 無慈悲にならず
　　閉じられた耳を お開けください
タモーラ
　　おまえ個人に 恨みはないが その父親が 原因で
　　私にあった 憐れみの 気持ちがみんな 消えたのさ
　　あなた達 忘れては なりません
　　アラーバスが 生け贄に されるのを
　　救おうとして 母が流した 涙のことを
　　残忍な タイタスは 頑(かたく)なに 拒否をして
　　私の涙は 無駄に流れた
　　だからもう その女など どこにでも 連れて行き
　　好きなように 弄(もてあそ)べばいい
　　その女が 嫌がることを してやれば してやるほど
　　私はずっと 愉快になるわ
ラヴィーニャ
　　ああ タモーラ！
　　どうかあなたを 優しい王妃と 呼ばせてください
　　どうかこの場で あなたの手で 私の命 お取りください
　　命乞いなど しているのでは ありません

バスィエイナスが 死んだとき
　　哀れにも 私も共に 殺されました
タモーラ
　　それならおまえ 一体何を 願っているのよ⁉
　　愚かな女！ 手を放しなさい！
ラヴィーニャ
　　もう願うのは 今すぐに 殺してと いうことですわ
　　あと一つ 女の私 口に出しては 言えないことよ
　　ああ 殺すことより ひどい欲望の
　　餌食(えじき)には することもなく
　　私の死骸が 誰の目にも 留(と)まらない
　　忌まわしい 洞穴に 投げ捨てて もらえます⁈
　　どうか 慈悲深い 人殺しにと なってください
タモーラ
　　大切な 息子らの 楽しみを 取り去るなんて できないわ
　　さあ潔(いさぎよ)く 息子らの 情欲の 生け贄に なればいい
ディミートリアス
　　さあ ついて来い こんなに長く 待ったのだから
ラヴィーニャ
　　慈悲の 気持ちは ないのです⁉
　　女の心も！
　　あなたなんかは 獣(けだもの)よ！
　　女の穢(けが)れ 女の敵よ 地獄落ちだわ！
カイロン

何を言う！ もう二度と そんな戯言(たわごと)
言えないように してやるからな
兄上は そこの男を 引きずって 投げ捨てて
アーロンが 死体を隠せと 言った穴 これだから
(ディミートリアスはバスィエイナスの死体を穴に投げ捨てる。その後に、二人はラヴィーニャを引き連れて退場)

タモーラ

行ってらっしゃい 息子達 思う存分 やるがいい
タイタスの 家族皆(みんな)を 殺すまで
私の心 晴れること ないんだからね
さあ 今からすぐに 可愛いムーアを 捜しに行こう
ホットになった 息子らが
俗悪な 女を手籠めに している間に
さあ 今から私 可愛いムーアを 捜しに行こう

(アーロン、クウィンタス、マーシャス登場)

アーロン

さあ早く こちらです 豹がぐっすり 眠ってる
薄気味悪い 穴はそれです

クウィンタス

何らかの 虫の知らせか 分からぬが
僕の目が かすんでて よく見えないぞ

マーシャス

本当に 僕もだが…
　　恥にさえ ならないのなら 狩りを止め
　　少しの間 眠りたいほど　（穴に落ちる）
クウィンタス
　　どうしたんだよ?! 落ちたのか!?
　　入口が イバラで覆われ 油断してたら
　　脚を取られる 穴がある
　　その葉には 朝露を 絞ったような 鮮血が
　　滴り落ちて いるようだ
　　ここは僕には 不吉な場所と 思えるな
　　おい マーシャス 落ちて怪我など してないか?!
マーシャス
　　ああ 兄上！ 見たこともない 陰惨な 光景で
　　目も心も 潰れそうです
アーロン
　　〈傍白〉さあ 皇帝を 連れて来て
　　ここで二人を 見つけたら
　　バスィエイナスを 殺した奴は
　　この二人だと 思うだろうよ　（退場）
マーシャス
　　どうか僕を 血で汚れている ひどい穴から 助け出し
　　安心させて もらえます？
クウィンタス
　　僕は今 まだ経験を したことがない

奇妙な 恐怖に 駆られてる
震える手足に 冷や汗が 流れてる
マーシャス
兄上は 未知のこと 知る感覚を お持ちなのです
アーロンと 兄上が この穴を 見下ろしたなら
恐ろしい 血まみれの 死体が見える はずですが…
クウィンタス
アーロンは ここにはいない
情愛深い 僕の心は 太陽の光によって
僕の目が それを見て 震え出すのを 知っていて
見せないように しているようだ
ああどうか 言ってくれ 一体それは 誰なのだ？
子供なら 正体の 分からぬものに 恐れたりする
でも 僕は 今の今まで こんなことは なかったぞ
マーシャス
バスィエイナス 殿下がここに 屠殺された 子羊のよう
この暗く 忌まわしい 血塗られた穴に
どっと倒れて おられるぞ
クウィンタス
暗いのに 殿下だと なぜ分かったのか？
マーシャス
血に染まる 彼の指には 高価なリング はめられていて
その宝石が 霊廟の キャンドルのよう
穴全体を 明るく照らし

ごつごつとした この穴の 様子とか
　　土色の 死人の顔が はっきりと 分かるのですよ
　　乙女の血を浴び 横たわる ピラマス[17]が
　　月の光に 照らされた ときのように 真っ蒼(さお)な 顔色だ
　　僕のように 恐怖によって 手の力 失くしても
　　どうか兄上 僕をここから 引っ張り上げて
　　もらえませんか?!
　　霧に咽(むせ)ぶ コキタスの 河口ほど 悍ましく
　　僕を飲み込む この穴から

クウィンタス

　　手を伸ばせ 引っ張り上げて やれるかも
　　それが無理なら 僕もまた パスィエイナスの 墓である
　　人を飲み込む「子宮」のような
　　この深い穴に 落ちるかも
　　この僕に おまえをここに 引き上げる
　　力など ありそうもない

マーシャス

　　僕だって 兄上の 手助けなしで この穴からは
　　脱け出す力 ありません

クウィンタス

　　もう一度 手を伸ばすのだ

17　ギリシャ・ローマ神話に登場する人物。恋人はシスビーで、オウィディウスの『変身物語』に書かれている。『ロミオ＆ジュリエット』のモチーフである。

おまえがここに 上がるまで 手は離さない
でも 僕も 落ちるかも… もうだめだ
出してやれない 僕がそっちへ 行くことに… （落ちる）

（皇帝、ムーア人のアーロン登場）

サタナイナス

この俺に ついて来い どんな穴かを 見てみよう
それに今 大地の穴へ 飛び込んだのは 誰なんだ?!

マーシャス

タイタスの 不幸な息子の 二人です
運悪く ここに来て 弟の バスィエイナスさま
亡くなられている お姿を 見つけたのです

サタナイナス

弟が 亡くなった?! 冗談だろう
弟と 彼の妻 狩り場の北の ロッヂにて 休んでおるぞ
そこにいる 二人と別れ まだ1時間も 経ってはおらぬ

マーシャス

生きている お二人と どこでお別れに なったのか
それはともかく 残念ですが 弟さまは
殺害された ようなのですが…

（タモーラ、タイタス、ルシャス、従者達 登場）

タモーラ

　皇帝は どこなのですか？

サタナイナス

　ここにいる タモーラ
　死ぬほども 辛い悲しみ 背負っているが…

タモーラ

　弟さまの 殿下はどこに？

サタナイナス

　そう聞かれると 心の傷を 抉(えぐ)られる 思いがするぞ
　かわいそうに バスィエイナスは 殺されたのだ

タモーラ

　ではこれは 遅過ぎました 時ならぬ 悲劇が起こる
　計画の 手紙をここに 持って来たのに…
　心地良い 笑顔の下に 暴虐な 殺人の意志を 隠すとは
　人間の 顔なんて 分からない ものですね
　（サタナイナスに手紙を手渡す）

サタナイナス

　（読む）
「大切な 狩人よ もし彼に 運良く出会う
　機会なくても―バスィエイナスのことだけど―
　彼のため 墓を掘る 作業ぐらいは してほしい
　我々の意図は 知っているはず
　報酬は バスィエイナスを 葬(ほうむ)るように 指定した
　洞穴の 入口に 影を落とす

ニワトコの木の 根元に生える イラクサの中だ
これをやり遂げ 我々の 永遠の 友となれ」
ああ タモーラ こんな話を 聞いたこと あるだろうか?
これがその穴 それにこれ ニワトコの木
皆の者 ここに書かれた 狩人を 取り押さえろ
バスィエイナスを 殺した奴だ

アーロン

陛下 金の入った 袋がそこに ありました

サタナイナス

〈タイタスに〉おまえの家の 血に飢えた 悪党の
二人の息子が 俺の大事な 弟の 命を奪った
その二人 穴からは 引き出して 牢にぶち込み
奴らには まだ誰も 見たこともない
凄惨(せいさん)な 刑罰を 考え出して やるからな
それまでは 監禁しておけ

タモーラ

何てこと!? 下手人は この穴の中?!
ああ それは 神の御業(みわざ)よ
殺人犯が これほども 簡単に 見つかるなんて!

タイタス

偉大なる 皇帝よ 跪(ひざまず)き 滅多(めった)に流さぬ 涙を流し
お願いします
呪われた 息子らの 残酷な罪は
証拠があれば 本当に 呪うべきこと

サタナイナス

　証拠があれば!? そんなもの 明白な 事実だからな

　誰が手紙を 見つけたか?! タモーラ おまえなのか？

タモーラ

　タイタスが 自らそれを 拾ったのです

タイタス

　陛下 私です

　どうか私を 息子らの 保証人に させてください

　父方の 祖先の 聖廟に 懸け 誓います

　嫌疑に対し 息子達には 命をもって 答えさせます

サタナイナス

　保釈など するわけに 参らぬからな

　言うことを聞け！

　おまえらは 遺体を運べ

　おまえらは 暗殺者らを 捕まえて 連れて来い

　弁明などは 聞いてはならぬ 罪状は 明らかだ

　絶対に 死ぬことよりも 恐ろしい 刑罰を 与えてやるぞ

　それの最後が 処刑だからな

タモーラ

　タイタスよ 皇帝に 私から 執(と)りなして あげますわ

　息子さんらは ご心配なく 大丈夫です

タイタス

　ルシャス さあ行こう

　あの二人とは 話しても 無駄だから　　（一同退場）

第4場

森の他の場所

(ディミートリアス、カイロン、レイプされたラヴィーニャ [両手と舌を切り取られて] 登場)

ディミートリアス
　舌を切り裂き 一体誰が レイプしたのか
　言えるものなら 家に帰って 言えばいい
カイロン
　手のない腕で 書けるなら
　心の内を 書いて知らせりゃ いいだろう
ディミートリアス
　見てみろよ 身振りなんかで
　わけの分からん ことを言おうと しているぞ
カイロン
　家に帰って きれいな水が 欲しいと言って 手を洗え
ディミートリアス
　言う舌がない 洗う手がない だからその辺
　じっと黙って ほっつき歩けば いいんだぞ
カイロン
　もし俺が こんなになれば 首でも括り 死んじまうよな
ディミートリアス

首を吊る 縄を編む手が あればってこと 　(二人 退場)

([角笛の音] 狩りの姿でマーカス 登場)

マーカス
一体誰だ?! 姪ではないか？
あんなに早く 逃げ去ったのは
ラヴィーニャよ 話があるぞ おまえの夫は どこなのだ？
今 夢を 見ているなら 全財産と 交換に
目を醒まさせて もらいたい
目が醒めて いるのなら
どこかの惑星 落ちて来て この俺に ぶち当たり
永久(とわ)の眠りに 就かせておくれ
話すのだ 姪のラヴィーニャ
どの残忍で 酷い手が 二本の小枝の 優しい飾りを
幹(むご)からズバッと 切り取って
裸の木にと したのかを?!
その木陰にて 憩いを求める 王達は
おまえの愛を 受けられて 幸せだと 思っていたのに…
どうしておまえ 話さないのか？
ああ 悍ましい！ 生温かい 真っ赤な血が
風に吹かれて 泡立つ泉が 騒ぐかのよう
出入りする ハニーのような おまえの息に 調子を合わせ
おまえの赤い 唇から 湧き上がり 引いていく

だが きっと テレウス[18]に似た 奴がおまえを レイプして
誰がしたかを 隠すため おまえの舌を 切ったのだ
ああ おまえ 恥ずかしそうに 顔を背けて…
吹き出し口が 三つある 水路から 出た水のように
大量の血を 失くしていても おまえの頬は
雲に出会って 赤面している タイタンの 顔のように
真っ赤になって いるではないか!
おまえのために 話そうか?
そのことは こうだったと 俺が言おうか?!
ああ おまえの心が 知りたいものだ
その獣が 誰か知り 俺の心が 晴れるまで
ののしって やりたいぞ
隠された 悲しみは 蓋が 掛かった 釜のよう
その中の 大事なものが 灰になるまで 焼き尽くす
舌を失くした 美しい フィロメラは
自分の気持ちを 刻銘に 刺繍作品に 縫い込んだ
ラヴィーニャ おまえには その手段さえ 切り取られたな
おまえを犯した 狡猾な 「テレウス」は おまえなら
フィロメラよりも 美しく 刺繍ができた はずなのに
指までも 斬り落とされた
ああ その怪物も 白百合の おまえの指が
リュート[19]の上を ポプラの葉が そよぐように

---

18 ギリシャ神話。(注)13のトラキア王のこと。
19 イギリスで 14 〜 17 世紀に用いられた(琵琶に似た)弦楽器。

シルクの弦(げん)に 喜んで キスをするのを 見たのなら
絶対に おまえの指は 大切に したはずだ
あるいはな おまえが歌う
天使のような 歌声を 聞いていたなら
トラキア人の 詩人の傍(そば)で 寝たという
地獄の番犬 サーベラスと 同じよう
知らぬ間に ナイフを落とし 眠り込んで いただろう
さあ 行こう 父親の目が 潰れるか しれないが…
このような 光景で 父親は 盲目になると 言われてる
１時間 嵐が来れば 香り漂う 牧草地
水浸しにと なるだたろう
数ヵ月 タイタスに 涙の雨が 降りしきるなら
彼の目は どうなることか?!
怖(おじ)けるな おまえと共に 悲しみに 耽(ふけ)るから
ああ おまえの胸の 惨めさなどは
どれほどの 嘆き悲しみ 捧げても
癒(い)えることなど ないだろう　（二人退場）

第3幕

第1場

ローマ 路上

(元老院議員達、護民官達、処刑場に捕縛されて向かうクウィンタスとマーシャス登場。タイタスが現れ、一同の行列を遮(さえぎ)り、嘆願する)

タイタス
　お聞きください 偉大なる 元老院の 方々よ
　公正な 護民官の 方々よ お待ちください
　皆さまが 安逸(あんいつ)に 日々を送って いた間
　この私 若い頃から 命を懸けて 戦場暮らし
　そしてもう こんなにも 老い耄れました
　偉大なる ローマの戦(いくさ)で 血を流し
　霜が降りた 寒い夜 夜警にも 出ておりました
　今はもう ご覧の通り 老いたる頬の この皺(しわ)に
　満ち溢れている 涙に免じて
　死刑宣告 された息子ら 哀れんで
　ご赦免を お願いします

彼らの心は 腐敗など しておりません
すでに失くした 22人の 息子らに
一度も私 涙など 見せたことは ありません
彼らには 栄誉ある死と なったからです
(地面に平伏(ひれふ)す)
護民官の 方々よ この二人には 心から 憂(うれ)いの涙
大地に流し その渇きを 癒(い)やします
息子らの血は 恥ずべきもので
大地はそれに 戸惑うだろう
(罪人、元老院議員達、護民官達、他の者達 退場)
ああ 渇いた大地! この年老いた 水瓶(みずがめ)から 流れ出る
涙の雨で 潤(うるお)してやる
四月の雨より たっぷりと
日照り続きの 夏でさえ 潤い与え
冬でさえ 熱い涙で 雪を解かして
おまえの顔に 永遠の春を 与えてやるぞ
息子らの 血を吸わないと 約束を してくれるなら…

(剣を抜いたルシャス 登場)

ああ 偉大なる 護民官の 方々よ
尊敬に 値する ご高齢の 方々よ
息子らの 縄を解き 死刑という 裁定の
取り消しを 願いたい

今までに 泣いたことなど ないわしの
涙がここに 訴えている
ルシャス
父上 嘆いても 無駄なことです
護民官らは 聞いてはいない 近くには 誰もいません
父上の 嘆きを聞くのは 石ころだけだ
タイタス
ああ ルシャス 息子らのため 嘆願している
護民官殿 もう一度 お願いします
ルシャス
父上 護民官らは いないのですよ
タイタス
そんなことなど どうでもよいわ！
聞いていたとて 気に掛けたりは しないだろうよ
憐れんで もらわなくても
無駄であろうと 訴えないと 気が済まぬ
ある意味で 護民官より 石の方が まだましだ
石などは 悲しみに 応えては くれないが
わしの話を 遮ることは ない上に
このわしが 泣いたなら
足元で じっとして わしの涙を 受け入れて
わしと一緒に 涙して くれそうだ
もし石が 厳かな 衣裳着ければ
ローマでは 優秀な 護民官に なるだろう

石などは 蝋(ろう)のように 滑らかだ
　護民官など 石よりも はるかに固い
　石はじっと 沈黙守り 怒ったり することはない
　舌先で 人殺しする 護民官とは 大違い　（立ち上がる）
　ところで おまえ どうして剣を 抜いている?!
ルシャス
　弟二人 処刑から 救い出そうと したのです
　そのために 判事らは 永久に この僕を
　国外に 追放処分に したのです
タイタス
　それはいかにも 幸運だ 彼らは おまえに 福を与えた
　よく考えろ 愚かなルシャス このローマ 虎がのさばり
　自由気儘(きまま)に 徘徊している 荒野となった
　虎には餌が 必要だ
　ローマに於いて 餌というのは このわしと わしの家族だ
　この猛獣の 檻(おり)の外へと 出されたなんて 幸せ者だ
　あれっ?! 弟の マーカスと ここに来るのは 誰なのだ？

（マーカス、ラヴィーニャ 登場）

マーカス
　タイタス 老いた目からは 涙を流す ご準備を！
　そうでないなら 気高い心 張り裂けぬよう ご注意を！
　高齢の 兄上に 耐え難い 悲しみを 携(たずさ)えて 参りましたぞ

タイタス

　耐え難い 悲しみなんて それは一体 何なのだ？

マーカス

　それはあなたの 娘であった 人なのですよ

タイタス

　マーカス おまえ 何を言う?! 今でもそうだ！

ルシャス

　ああ 何てこと?! その姿見て 心が折れる

タイタス

　気の弱い 男だな
　立ち上がり 妹の ラヴィーニャを よく見るがいい
　さあ話すのだ どの「悪の手」が おまえの手を 切り落とし
　父親にそれ 見せつけたのか!?
　どこの馬鹿 大海に 水を注いで
　燃えるトロイに 薪(まき)の束 持ち込んだのか?!
　おまえがここに 来る前に
　わしの心の 嘆きの川は 溢れそうに なっていた
　もう今は ナイル川[20]の 氾濫のよう 堰(せき)を切ったぞ
　剣をくれ わしの両手を 切り取ってやる
　ローマのために わしの手は 戦った
　その結果 これだとは！
　命の糧(かて)を 運ぶため わしの手は 働いて

20　原典 "Nilus"「ナイロス」。ギリシャ神話のナイル川の神。

その結果 悲しみだけを 育て上げ
祈りのために わしの手は 重ね合ったが
その結果 祈りは何も 届かなかった
今ここで わしの手に 求めることは ただ一つ
一方の手が 他方の手を 切り落とす
役目を果たせと いうことだ
ラヴィーニャ おまえ 良かったな 両手とも 失って
ローマのために 尽くす手などは
持たない方が いいからな

ルシャス

ラヴィーニャ おまえのことを こんな目に
遇わせた奴は 誰なのだ⁉

マーカス

ああ この娘(こ)の思いを 軽やかに 伝えた口の
楽しげな 調子を作る 可愛い舌は 切り取られ
人々を 魅了した 甘い歌声 奏でていた 小鳥はもう
いないのですよ

ルシャス

ラヴィーニャの 代わりにどうか
誰がしたのか 言ってください

マーカス

わしが見つけた そのときは 森をさ迷い
癒やせぬ傷を 身に受けた 鹿のように
身を隠す 場所を捜して いたのだよ

タイタス
　この娘はわしの 宝であった
　これほども 傷つけた奴 わしのこと 殺すより
　ひどい目に 遇わせたのだ
　今のわしなど 一波ごとに 高まっていく 荒海に
　囲まれている 岩に立つ 人間と 同様だ
　ただじっと 悪意の波が 塩辛い 海の中へと
　わしを飲み込む ときが来るのを 待つだけだ
　哀れなわしの 息子達 もう死の海に 飲まれていった
　たった一人 残った息子 追放と なったのだ
　ここにいる 弟は わしの悲運に 泣き濡れている
　だがわしの 魂を 最も激しく 鞭打つ者は
　大切な ラヴィーニャだ
　わし自身より 大切な 娘だからな
　このような 今の姿が 描かれている 絵を見ただけで
　わしは気が 狂っただろう
　生身のおまえ 目の前にして
　どうしたら いいというのだ!?
　おまえには 涙を拭う 手がないし
　おまえのことを 生け贄にした 男が誰か 言う舌がない
　おまえの夫は 殺された
　下手人として 兄達は 死刑となった
　マーカス これを 見るがいい！
　ああ ルシャス 妹を見るがいい！

兄達のこと 言ったとき 萎(しお)れかかった 百合の花に
　清らかな 露が滴り 落ちるよう 頬に涙が 溢れ出た
マーカス
　兄達が 殺したために 泣いているのか
　兄達に 罪がないのを 知っていて 泣いているのか
　判断が つきかねる
タイタス
　兄達が 殺したのなら 喜べばいい
　法が恨みを 晴らしてくれた
　いや 違う 兄達は そんな無法な ことなどしない
　妹の 悲しみの 表情が その証人だ
　可愛い ラヴィーニャ その唇に キスをして あげようか？
　どうか身振りで 何をして 欲しいのか 教えておくれ
　おまえの叔父と おまえの兄と おまえとわしで
　泉の辺(ほとり)に 腰を下ろして
　洪水の後 泥がまだ 乾いていない 牧草地のような
　涙顔 映っているの 見るとしようか？
　それともわしら 清らかな 泉の水が
　わし達の 涙によって 塩っぽく なるまでじっと
　泉の底を 見詰めるつもり？
　それともわしら おまえのように
　両手を 切り落とそうか？
　あるいは舌を 噛み切って
　忌(い)まわしい 余生をずっと 沈黙で 暮らそうか？

どうすればいい？ まだ舌がある わし達は
後世の人が 驚くほどの
もっと惨(みじ)めに なる方策を 話し合おうか？

ルシャス

父上 どうかもう 涙を止めて 頂けません?!
妹は 泣きじゃくり 嗚咽して いますから

マーカス

我慢するのだ ラヴィーニャ
兄上も 泣き止んで くださいね

タイタス

ああ マーカス 弟の マーカス
わしには 分かる そのハンカチは
もうすでに おまえの涙で グショ濡れで
わしの涙の 一滴も 拭(ぬぐ)うことなど できはせぬ

ルシャス

ああ ラヴィーニャ その頬の 涙を僕に 拭わせてくれ

タイタス

マーカス あれをよく見ろ あの仕草 読み取れた
ラヴィーニャに 舌があるなら 兄に対して
わしがおまえに 言ったこと 同じように 言っている
ルシャスのハンカチ グショ濡れだから
ラヴィーニャの 涙を拭う 役になど 立たないと…
ああ お互いの 悲しみが 悲しみを 呼び合っている
だが 地獄の叫び 祝福とは 程遠い ものだから…

（アーロン 登場）

アーロン
　タイタス・アンドロニカス 陛下より ご伝言です
　ご子息を 救いたいなら マーカスか ルシャス
　あるいは あなた タイタスが 片手を切って
　陛下にそれを 献上すれば それを彼らの 保釈金とし
　お二人を お返しすると 仰ってます

タイタス
　ああ 寛大な 皇帝だ それに優しい アーロンだ
　今までに 日の出を告げる ヒバリのように
　美しく カラスが鳴いた ことはない
　心を込めて この手を陛下に 捧げます
　アーロン 頼むから 切り落とすのに 手を貸してくれ

ルシャス
　お待ちください 父上 数えきれない 多くの敵を
　倒したその手 差し上げたりは なさらずに
　私のこの手 差し上げましょう
　若い私は 父上よりは 多くの血を 備えています
　だからこの手で 弟達を 助けさせては くださいません？

マーカス
　おまえの両手 血まみれの 大きな斧を 振りかざし
　敵の城を 破壊した 功績がある わしの手は 何もしてない

二人の甥を 救うため どうかこの手を お役立て 頂こう
それでこの手は 本望(ほんもう)だから

アーロン

さあ早く どなたの手に するのかを お決めください
そうしないなら 恩赦の前に 死刑になるかも しれません

マーカス

わしの手だ

ルシャス

絶対に それはだめです

タイタス

二人とも 争うな この枯れ葉が
抜くのに丁度 いいんだからな わしの手を 差し出そう

ルシャス

父上 僕は 息子であると 証明させて もらいたい
是非弟の 命を 僕に 救わせて くださいません?!

マーカス

兄上 我々の 慈しみ深い 母親や 父親のため
兄に対する 弟の愛を 示させて もらえませんか?!

タイタス

では 二人でそれを 決めてくれ
わしの手は 切らないでおく

ルシャス

それでは 僕が 斧を取りに 参ります

マーカス

だが その斧を 使うのは わしだから　（二人退場）
タイタス
　　アーロン わしは二人を 騙したのだぞ
　　さあ やってくれ わしの手を 与えよう
アーロン
　　〈傍白〉もしこれが 騙すことなら
　　この俺は 正直者と いうことになる
　　絶対に このように 普通の者は 騙したり しないから
　　俺の騙しは 全く別の やり口だ
　　半時間も 断たぬうち そのことに 気づくだろうよ
　　（タイタスの手を切り落とす）

　　（ルシャス、マーカス 登場）

タイタス
　　もうこれで 争うことは なくなった
　　必要なもの 切り取られたぞ
　　さあ アーロン わしの手を すぐに陛下に 捧げておくれ
　　その際に この手によって 陛下の危険は
　　幾度となく 回避されたと 言ってくれ
　　お与えするが 大切に 埋葬される 価値ある手で
　　あるのだからな
　　息子の件では 安値で買った 宝石だと 思っているが
　　でも それは 自分のものを 買い取った だけだから

値段にすれば 高過ぎだ
アーロン
　　では これで 失礼します タイタスよ
　　この手によって ご子息は
　　あなたのもとへ お戻りに なるでしょう
　　〈傍白〉生首だけが！ この滑稽な 詐欺行為
　　思っただけで ワクワクするな
　　善行などは 馬鹿がすること
　　慈悲なんて 言う奴は 馬鹿正直だ
　　アーロンが 黒いのは 顔だけじゃなく 心の底も ドス黒い
　　（退場）
タイタス
　　ああ ここに 片方の手を 天に差し伸べ
　　老いた体を 大地へと 平伏(ひれふ)しますぞ
　　惨めな涙を 憐れむ神が 在(まし)すならば その神に 祈ります
　　〈ラヴィーニャに〉何と おまえも わしと一緒に
　　 跪(ひざまず)くのか?!
　　それでいいのだ ラヴィーニャ
　　天に我らの 祈りはきっと 届くはず
　　届かなければ 我々の 溜め息で
　　雲が涙し 太陽を 抱(いだ)くように
　　空を曇らせ 太陽を 陰(かげ)らせる
マーカス
　　兄上 そんなにも 極端な 話はせずに

我々に できることなど 話しましょう
タイタス
わしの悲しみ これほど深く 底なしなのだ
だから感情 行き着く所 ないのだぞ
マーカス
でも 理性にて その感情を 抑えねば なりません
タイタス
この悲惨さに 尤(もっと)もな 理由があれば
わしの悲しみ 制限内に 押さえ込むこと できるだろうが
天が泣くなら 大地に水が 溢れ来る
風が怒れば 海は逆巻き 膨(ふく)れっ面(つら)で 天さえも脅かす
おまえはわしの 逆上の 理由がきっと 知りたいのだな
わしは海だ ラヴィーニャの 溜め息は 吹きつける風
ラヴィーニャが 涙する 天ならば わしは大地だ
あの娘の 溜め息で 海は荒れ
あの娘の涙で 大地のわしは 洪水となり
水に飲まれて 溺死する
わしの腹は あの娘の嘆きを 押し留めたり できないのだな
深酒の 男のように 吐き出して しまうのだ
だからこのわし 許しておくれ
腹の虫が おさまらぬ 敗残者には
毒舌を 吐くことぐらい 許されるはず

(二つの生首と一つの手を持った使者が登場)

使者

　偉大なる タイタスさまよ！
　皇帝に 献上された あなたの手への お返しとして
　あまりにも 惨(むご)いことでは ありますが
　ここにあるのは お二人の ご子息の首
　そしてここには あなたの手
　嘲(あざけ)るように お返しを するとのことで…
　あなたの嘆きは 余興となって あなたの決意は 嘲笑の的
　あなたの苦悩 私の父の 死の記憶より
　心が痛み 胸を打ちます　（退場）

マーカス

　シチリア島の エトナ山の 噴火を止めて
　わしの心を 永遠に 燃え盛る 地獄に変えよ！
　このような 残忍さには 人の心は 耐えられぬ
　このことで 共に涙を 流す者 あるのなら 慰めとなる
　嘲りを 受けたなら この命 二度殺される

ルシャス

　この光景で 心には 衝撃的な 傷を負ったが
　忌まわしい この命 まだ尽きようと しないのだ
　ただ呼吸 するだけで 他には何も 能がない こんな命を
　死はまだ取りに 来ないのか?!
　（ラヴィーニャがタイタスの頬にキスをする）

マーカス

ああ 痛ましい その口づけも 飢えた蛇に
氷水 与えることと 同じです
タイタス
この果てしない 悪夢はいつ 終わるのか?!
マーカス
もうここで 妄想と 決別だ 死ぬのです タイタス
これなどは 夢でない 現実を 見るがいい
兄上の 二人の息子の 首ですよ
それにあなたの 無残に切られた 勇敢な手
この惨状に 蒼ざめて 血の気が失せた あなたの娘
追放された 最後の息子
そして私は 石像のように 冷たくなって
感覚を 失った 弟ですよ
ああ もう私 兄上に
悲しみを 克服しろとは 言いません
その白髪を 引き千切り
兄上の歯で 残った手を 嚙み切れば いいのです
この悍しい 光景の 見納めに すれればいい
さあ 荒れ狂う 時が来た どうして黙って いるのです?!
タイタス
ハハハハハハ！
マーカス
こんなとき 笑うのは どうしてですか？
状況に そぐいませんよ！

タイタス

　どうしてだ？ もう無駄に 流す涙は 一滴もない
　その上に 悲しみは このわしの 敵だから
　涙にくれた わしの目に 無法にも 入り込み
　わしの涙を 取り上げて
　わしの目を 盲目に しようとしている
　そうなれば どうやって 復讐という 洞窟を
　見つけるのだな？
　二つの首が このわしに 話しかけ 脅すのだ
　こんな非道な ことをした 者達の 喉笛に
　一撃を 加えるまでは 幸せは 来ないから
　さあ行こう やるべきことを 考える
　悲しみに 打ち沈む 者達よ
　わしの周りに 来てくれないか?!
　これからわしは おまえ達 一人ひとりの 顔を見る
　さあ 時が来たなら 不正を晴らすと 誓うのだ！
　よし 誓いは済んだ
　おい マーカス 首の一つを 持ってくれ
　残りの首は わしが持つ
　ラヴィーニャ おまえにも 仕事を頼む
　すまないが わしの片手を 歯でくわえ 運ぶのだ
　ルシャス おまえは 今すぐに 姿を消すのだ
　追放された おまえはここに 居てはならない
　ゴートの国へ 急ぐのだ そこでおまえは 挙兵しろ

もしわしを 大切に 思うなら—
　そう思っていると 信じているぞ— 抱(いだ)き合い 別れよう
　お互いに やるべきことが 山とある
　（ルシャス以外、三人 退場）
ルシャス
　お別れですね タイタスさま 気高き父上
　ローマの中で 最も辛い 苦しみを 味わった人
　さようなら 驕(おご)れるローマ
　ルシャスはきっと 戻って来ます
　命より この誓い 大切なもの
　さようなら ラヴィーニャ 僕の素敵な 妹よ
　ああ おまえ 昔のままで いてくれたなら…
　だが今は ラヴィーニャも この僕も
　忘却と 嘆きの中で 生きるだけ
　ルシャスが生きて いる限り おまえの敵(かたき) 取ってやる
　尊大な サタナイナスと その王妃には
　タークウィンと 彼の王妃が したように
　城門で 詫(わ)びをしっかり 入れさせる
　さあ ゴートへと 出発だ
　その地にて サタナイナスと ローマへの
　復讐の兵 集め出すのだ　（退場）

第2場
タイタスの館の一室（宴会の用意が備っている）

（タイタス、マーカス、ラヴィーニャ、小ルシャス 登場）

タイタス

そう そうしよう 座ろうか
わし達の 苦々しくて 悲しみに 満ちた 復讐 遂げるのだ
体力を 維持するために 食べるのは 大切だ
それ以上など 必要はない
マーカス 弔(とむら)いの 花輪のような 腕組みを 解いてくれ
おまえの姪と このわしに
哀れなことに 腕組みをする 手はないし
そのために 腕を組み 悲しみを 十倍に
表現できる 方法がない
哀れな右手 この胸を 苛(さいな)んでいる
わしの心が 惨めさで 気が触れたように 暴れ出し
この肉体の 虚(うつ)ろな牢獄 破ろうと したのなら
この胸を わしは叩いて 取り押さえるぞ
〈ラヴィーニャに〉悲しみの 縮図のおまえ
惨めな心で 鼓動がひどく 荒れ狂っても
おまえには それを叩いて 止めたりは できないからな
溜め息をつき それを傷つけ 呻(うめ)き声にて

それを殺せば いいんだぞ
そうでなければ ナイフなど 口にくわえて
心臓に 穴を開ければ 済むことだ
おまえの涙が その中に 流れ込み
塩辛い その海で 嘆き悲しむ 馬鹿な女を
溺れさせれば いいことだ

マーカス

何を仰る！ 兄上 おやめください！
これほども か弱い命に 暴力的な 手出しの仕方
教えては なりません

タイタス

どういうことだ?! 悲しさのため 惚(ぼ)けてきたのか？
なあ マーカス このわし以外
気が狂ったり してはならぬぞ
何という 暴虐な「手」が ラヴィーニャの 人生に
影を落として いることか⁉
だから「手」と いう言葉 使っては ならぬのだ
トロイが焼かれ 惨めになった 話をまたも
イーニアスに 繰り返し 語らせるのと 同じこと
だから「手」の話には ならぬよう 気をつけてくれ
わしらには「手」がないことを 思い出さすな
ああ これは わしの話が 常軌逸脱 しておった
マーカスが「手」と口に 出さないのなら
そのことを 忘れられると 言ってるようだ

さあ ラヴィーニャ これでもお食べ
飲み物は ないのだが…
聞けよ マーカス ラヴィーニャが 言っていることを
殉教者である この娘の身振り 理解できるぞ
悲しみで 発酵させて 頬で熟成 した涙 以外のものは
飲まないと 言っている
托鉢僧が 祈りの言葉に 卓越している 能力が あるように
このわしは 言葉を持たぬ 巡礼者の
おまえの思い 分かるようにと 学習するぞ
おまえが漏らす 溜め息や
切られた手を 天に捧げる 仕草とか
瞬きや 頷きや 跪き 合図など
おまえが描く アルファベットを 読み解いて
おまえの意図が 分かるように なるからな

小ルシャス

ねえ お祖父さま そんなにひどく 嘆いてないで
叔母さまが 喜ぶような 楽しい話 ないのです?

マーカス

かわいそうに! 子供でも 心乱され
祖父の悲哀を 見て泣いている

タイタス

もう泣くな 優しい子だな
おまえの心は 涙によって 出来ている
泣き続けると 命が溶けて しまうから…

（マーカスが皿をナイフで叩く）
マーカス そのナイフにて 何を叩いた?!
マーカス
ナイフで蠅(はえ)を 殺したのです
タイタス
何をする！ この暗殺者 わしの心を 殺す気か!?
わしの目は 残虐行為と いう爪で 引っ掻かれたぞ
無実なものを 殺すなら タイタスの弟と 認められない
消え失せろ もう仲間とは 思えない
マーカス
何と仰る!? ただ蠅を 殺しただけで 兄上！
タイタス
だが もしも 蠅に父親 母親が あったとしたら
どうなると 思うのだ?!
金色の 薄い羽を だらっと垂らし[21]
空中に 嘆きの音を 立てるであろう
罪のない 哀れな蠅だ
その羽の メロディーで わし達を 楽しませようと
来たのかも しれないぞ
それなのに おまえはそれを 殺したのだぞ
マーカス
どうか私を お許しを

---
21 原典 "hang"「首を吊る」の意味もある。Sh. のしゃれ。

あまりにも この黒い 醜い蠅が
タモーラの 寵愛(ちょうあい)の ムーアそっくり でしたので
それでつい 殺(や)ったのですが…

タイタス

オー オー オー！ 叱ったことを 許しておくれ
おまえがしたの 納得できる わしにもナイフ 貸してくれ
毒を盛りに やって来た こいつをムーアに なぞらえて
気晴らしに わしも殺る
一突きは ムーアにだ 二突き目は タモーラだ
真っ黒な ムーアの姿で やって来た 蠅などを
力を合わせて 殺せるのなら たいしたものだ

マーカス

ああ！ ひどいことだな 悲しみが 重く心に のし掛かり
偽りの影を 本物と 思い込んでいる

タイタス

さあ 片づけろ ラヴィーニャ ついて来い
おまえの部屋で 昔々の 悲しい話を 読むことにする
孫のおまえも 一緒にな おまえの目は まだ若い
わしの目が かすんできたら 読んでくれ　（一同 退場）

第4幕

第1場

タイタスの館の庭

(タイタス、マーカス、逃げる小ルシャス、追いかける
ラヴィーニャ登場)

小ルシャス

　助けてよ お祖父さま 助けて！
　叔母さまの ラヴィーニャが
　どこまでも 追いかけて 来るのです
　どうしてなのか 分からない
　大叔父の マーカスさま すごいスピード なんですよ
　ねえ 叔母さま これは一体 どういうこと？

マーカス

　小ルシャス わしのそばから 離れるな
　叔母さまを 怖がらなくて いいからな

タイタス

　ラヴィーニャは おまえのことが 可愛いのだ
　苛(いじ)めたり するわけがない

小ルシャス

　はい お父さまが ローマに住んで いた頃は そうでした

マーカス

　〈ラヴィーニャに〉その仕草にて おまえは何が
　言いたいのだね？

タイタス

　恐れるな 小ルシャス ラヴィーニャは
　何かをきっと 伝えたいのだ
　分かるだろう 叔母さまは おまえのことを
　どれほども 大切に 思っているのか
　どうもおまえに どこかに一緒に 行ってほしい 様子だな
　コーネリア[22]が 息子らに 読み聞かせ した以上にも
　心を込めて おまえには 読んでいた
　美しい詩や キケロが書いた『雄弁術』を
　読んでいたよな

マーカス

　なぜそんなにも せがむのか 分からないのか?!

小ルシャス

　何かの発作か 気が狂ったか そうでないなら
　ちっとも僕に 分からない 見当も つきません
　悲しみが 積もり積もると 人は狂気に なることがあると
　お祖父さまは よく仰っていた

22　小ルシャスの亡き母親。紀元前2世紀に於けるローマの有名な将軍の娘であった。文学に秀でていた。

トロイのヘキュバ 悲しさが もとになり 気が狂ったと
　　本に書かれて いましたね
　　それで僕 怖かった
　　僕の優しい 叔母さまは 母親代わりに 僕のこと
　　可愛がって くださいました
　　でも 興奮し あまりにひどく 脅(おど)すので
　　本を投げ出し 僕は走って 逃げてきました
　　特に理由は なかったのです
　　ごめんなさい ラヴィーニャ叔母さま
　　大叔父さまが 僕と一緒に 来てくだされば
　　喜んで 叔母さまと ご一緒します

マーカス
　　いいよ 小ルシャス おまえに ついて行くから
　　（ラヴィーニャは小ルシャスが落とした本をひっくり
　　返している）

タイタス
　　どうかしたのか?! ラヴィーニャ
　　マーカス おまえ どう思う？
　　これらの本の どれなのだろう？
　　その本を 開いておやり わしの孫だから
　　ラヴィーニャ おまえなど 難しい本を
　　読む能力も あるからな
　　わしの書庫から 気に入った本 取り出して
　　悲しい気持ち 紛らわすのだ

きっとそのうち 神々が おまえに対し
これほども 惨(むご)いこと した悪党を お教えに なるはずだ
どうしておまえ 両腕を 何度も上に 上げるのだ？

マーカス

私にはこれは 二人以上の 者達が 共謀し
やったのだと 言っているように 思えます
なるほど これは 確かにそうだ
あるいは 天に向かって 報復を
祈っているのか どちらかですな

タイタス

おい おまえ 叔母さまが 持ち上げようと した本は
何なのだ？

小ルシャス

お母さまから 頂いた オウィディウス作
『メタモポーシス』[23]なのですが

マーカス

ひょっとして 亡くなった 小ルシャスの 母親のこと
思い出し その本を 選んだのかも しれません

タイタス

ちょっと待て！ 何とせわしく 本のページを 捲(めく)るのか?!
（ラヴィーニャの手助けをする）

---

[23] 古代ローマの詩人、オウィティウスのラテン語の作品。ギリシャ・ローマ神話の登場人物が動物、植物、鉱物、星座、そして神などに変身する短編集の『変身物語』。

何を探して いるのだい？ ラヴィーニャ 読んでやろうか？
この本は フィロメラの 悲劇作品
テレウスの 裏切りと フィロメラを レイプした 話だぞ
思った通り 強姦された ことが苦悩の 種なのだ

マーカス

ご覧ください 兄上 ほら 本のページを 指し示し
訴えかけて いる様子です

タイタス

ラヴィーニャ おまえも不意に 襲われて 連れ去られ
フィロメラのように レイプされたな
広大で 情け容赦が まるでない 陰鬱(いんうつ)な 森の中
分かったぞ 思い出したぞ
わし達が 狩りをした 森の中には
そういう場所が 確かにあった
ああ あんな所で 狩りをしたのが 間違いだった
詩人が本に 書いている 場所と全く 同様の
殺人や レイプには 都合がいい 自然が作る 場所がある

マーカス

神々が 悲劇が好きで ないのなら
どうして自然 悪の巣を 作るのだ⁉

タイタス

可愛い娘 身振りにて 意思表示 してごらん
ここに居るのは 身内だけ
おまえのことを こんな目に 遭わせた奴は ローマの誰だ⁉

タークウィンが 陣営離れ ルークリースの ベッドにまでも
忍び寄った 例えのように サタナイナスが やったのか？
マーカス
　ラヴィーニャよ お座りなさい
　兄上も 私のそばに お座りを
　アポロ ミネルバ ジュピター[24]や
　マーキュリーの 神様方よ
　この暴虐の 真相を 突き止めるため
　我々に 霊感を お与えください
　兄上ここを ご覧ください ラヴィーニャも よく見るのだよ
　ここの砂地は 平らです
　できるなら 私の真似をし 書いてみなさい
　（脚と口で杖を使い、砂地に自分の名前を書く）
　手の助け 借りないで 私の名前が 書けたであろう
　こんな手段を 使わせた奴に 呪いあれ！
　さあ ラヴィーニャ おまえ自身で 書いてみろ
　神様が 報復のため お教えになる その名前！
　悲しみを 記すペンに 天の導き ありますように！
　犯罪者が 判明し 真実が 浮き彫りに なりますように！
　（ラヴィーニャは杖を口にくわえて、残っている手の上腕部を使い、文字を砂地に刻む）
タイタス

24　ローマ神話の最高神。ギリシャ神話のゼウスに相当する。

おい マーカス 読んでみろ!
ラヴィーニャが 書いたこの文字を!
「レイプ カイロン ディミートリアス」

マーカス

何だと! 何だって⁉
この残虐で 血塗られた 仕業を為した 張本人らは
あのタモーラの 色情狂の 息子らか!

タイタス

天に在します 我らの神よ なぜそのように 罪を聞くにも
罪を見るにも それほど時を 要したのでしょう⁉

マーカス

兄上 どうか お心を お鎮めに なってください
大地に書かれた 文字を見たなら
どれほどの 温厚な 人であれ
心の中に 抵抗の 意志が生じて
泣き喚くこと 間違いは ありません
でも どうか 私と共に 跪き ラヴィーニャも
そしてローマの ヘクターとなる
希望の星の 我が甥の 息子の 小ルシャスよ 跪き
私と共に 誓いをここで 立てるのだ!
貞節な ルークリースの 恥辱の死で
悲嘆にくれた 夫や父と
共に誓った ジーニアス・ブルータス
その人達に 引けを 取ったり しないよう

我々も今 誓うのですよ
　　あの極悪の ゴート人らの 血を流し
　　死の復讐を 遂げるのか
　　この恥辱 晴らさずに 死んでいくのか どちらかだ！
タイタス
　　その方策が おまえにあれば いいのだが
　　あの小熊らを 狩るときは 用心が 不可欠だ
　　もし母熊が 匂いを嗅げば 目を覚ます
　　あの母熊は ライオンと 深い仲に なっている
　　仰向けに寝て ライオンを あやしておいて
　　ライオンが 眠ったら 好き放題に やっている
　　マーカスよ おまえなど 経験浅い 狩人だ 手を出すな
　　わしは銅板 一枚を 取ってくる
　　鉄筆で これらの文字を 刻んでおいて 保存する
　　古代ギリシャの 巫女スィビィル
　　予言を木の葉に 書き記したが
　　その葉のように 強烈な 北風吹けば
　　この砂を 吹き散らし 大事な文字も 消え失せる
　　教訓は どこにある？ 分かったら 小ルシャス 言ってみろ
小ルシャス
　　もし僕が 大人なら ローマのくびきに 繋がれた
　　悪い奴隷が 母親の 寝室に 逃げ込もうとも
　　とっ捕まえて やるでしょう
マーカス

ああ その通り よく言った！
　　おまえの お父さまは 幾度（いくど）となく
　　恩知らずの ローマのために そうなさったのだ

小ルシャス

　　叔父さま 僕だって 生きてる限り やりますからね

タイタス

　　さあ わしの 武器庫について 来なさい
　　小ルシャス サイズに合うものを 見つけてやろう
　　それを身につけ タモーラの 息子らの 所へと
　　わしからの プレゼント 届けるのだぞ
　　使者の役目を やってくれるか？ 大丈夫かな…

小ルシャス

　　もちろんですよ お祖父さま
　　奴らの胸に この短剣を 差し入れる[25] そうでしょう?!

タイタス

　　いやそれは 違ってる おまえには 別の方法 教えよう
　　ラヴィーニャ さあ行くぞ マーカス 留守は任せた
　　小ルシャスと わしとはな 堂々と 宮廷に 乗り込んでやる
　　ああ 本当に それでいい
　　そこでわしらを 丁重に 扱わせてやる
　　（マーカス以外、三人 退場）

マーカス

25　裏の意味は「刺し入れる」。Ys. のしゃれ。

ああ 天の 神々よ！ 善良な 男の呻き

聞かれましたか？

同情し 哀れとは お思いに ならないのです？

おまえマーカス 狂喜[26]の兄の 世話をするのだ

敵兵の 矢傷を受けた 楯の跡より はるかに多い

悲しみの傷で 兄の心は ズタズタに されている

正義重んじ 復讐を しようとしない 神々よ

年老いた アンドロニカス その代わりとなり

この私に 復讐を させ給え！　（退場）

第2場

宮廷の一室

（一方から、アーロン、ディミートリアス、カイロン登場。もう一方から、小ルシャス、武器の束の包みと、その上に詩文を載せた従者 登場）

カイロン

　ディミートリアス ここにルシャスの 息子が来たぞ

　　俺達に 伝言が あるようだ

アーロン

26　原典 "ecstasy"「狂喜（有頂天）」と「狂気」との Ys. のしゃれ。

ああ そうだ 気が狂っている 爺さまからの
　　気が触れた 伝言だ
小ルシャス
　　お二人の 殿下には 謹んで お伝えします
　　祖父である アンドロニカスより
　　殿下には 宜しくと 申してました
　　〈傍白〉ローマの神々 どうか二人を
　　呪い殺して やってください！
ディミートリアス
　　ありがとう 可愛い子だな 何か知らせが あるのかい？
小ルシャス
　　〈傍白〉二人揃って レイプした 悪党だ
　　犯人と 分かったことが 知らせだよ
　　〈声に出し〉申し上げます 私の祖父は 熟考の末
　　家にある 武器庫の中の 最も優れた 武器を選んで
　　ローマに於ける 希望の星の 高潔な 若き殿下に
　　献上すべく 私を使者に 立てました
　　祖父の指示に 従って 伝言を 申し上げ
　　献上の 品々を お二人に お贈りします
　　必要が あるときに この武器で 武装され
　　身辺を 固められ 殿下に栄誉が ありますように
　　ではこれで 失礼します
　　〈傍白〉いまいましい 悪党だ　（小ルシャスと従者 退場）
ディミートリアス

一体これは 何なのだ？
　　巻き物が… 何かがそこに 書かれてる
　　（読む）「心正しき 者達に ムーアの弓矢 不必要」
カイロン
　　知っているよ ホラティウスの詩
　　ずっと昔に 学校で 読んだから
アーロン
　　ああ その通り ホラティウスです 的中だ
　　〈傍白〉こいつらは 馬鹿丸出しだ 冗談じゃない！
　　あのクソ爺 こいつらの 尻尾(しっぽ)を掴(つか)み
　　詩の文句など 付け足して 武器を届けて 来たんだな
　　その切っ先が 喉元近く 来てるのに
　　間抜けども そのことを 感じていない
　　洞察力が 優れている 王妃がそれを 知ったなら
　　タイタスの 計略に 拍手を送る ことだろう
　　だが しばらくは 不安を告げず 安らかに しておこう
　　〈声に出し〉ねえ 殿下 幸せな星に 導かれ
　　ローマには 異邦人と してではなくて
　　捕虜として 連れて来られた 存在なのに
　　これほどまでに 出世されて！
　　宮殿の 門前で タイタスが いる中で
　　護民官の 弟を こっぴどく やっつけたのは 痛快でした
ディミートリアス
　　だが こっちの方が より痛快だ

今言った 偉大な奴が 俺達に へつらって
贈り物など してきたんだぞ
アーロン
もっともな 理由がそこに あるからでしょう
タイタスの 愛娘(まなむすめ)など お二人で じっくりと
可愛がって あげたからです
ディミートリアス
千人の ローマの婦人 同じように 追い込んで
代わる代わるに 俺達の 情欲を
満たす相手に したいものだな
カイロン
慈悲深い お望みで 愛情が 籠ってますね
アーロン
この場所に お母さま おいでなら
祈りの言葉 アーメンと 仰るでしょう
カイロン
もっと多くの 何万人もの 女性にも
慈悲の気持ちを 持つようにと 言われるだろう
ディミートリアス
さあ 行って 母上の 安産を 神々に 祈ろうぜ
アーロン
〈傍白〉祈るなら 悪魔にだろう
神々は とうの昔に おまえらを 見捨てたはずだ
［トランペットの音］

ディミートリアス

　皇帝の トランペットの 音は何かな？

カイロン

　皇帝に 跡継ぎの 男児が生まれた 印しだろうよ

ディミートリアス

　ちょっと待て！ 誰かがここに やって来る

(黒人の赤ん坊を抱いた乳母 登場)

乳母

　両殿下 素晴らしい 朝ですね

　ムーア人の アーロンと いう男 見掛けましたか？

アーロン

　まあ 見掛けたかと 問われたら 否定はできん

　この俺が アーロンだ それで用事は 何なんだ?!

乳母

　ああ アーロン 私達 もうみんな 破滅です

　何とかしないと 災難が 降りかかります

アーロン

　どうかしたのか?!

　盛りがついた 猫みたいな 声などは やめてくれ

　ぎこちなく 両腕に 抱えているのは 何なんだ?!

乳母

　ああ これは 天の神から 隠せるのなら 隠したいもの

王妃の恥で 偉大なる ローマの汚点
　　たった今 王妃さま 出産された ところです
アーロン
　　誰のためにだ?
乳母
　　安産と いうことですよ
アーロン
　　では しばらくは 休息を
　　それで 生まれた 子はどうなのだ?
乳母
　　悪魔の子です
アーロン
　　そうとなったら 王妃は悪魔の 母親だ
　　喜ばしい 知らせだな[27]
乳母
　　喜びなどで ありません 悍ましく 暗く悲しい 知らせです
　　これがその子で この国の 白い顔した ご婦人方が
　　産む子の中で ヒキガエル そのものよ
　　あなたの刻印 押されている この子届けて
　　あなたの剣の 切っ先で 洗礼を 与えよと
　　王妃からの ご命令です
アーロン

27　原典 "issue"「結果」と「子供」の二つの意味。Sh. のしゃれ。

何を言う！ この淫売め！
　黒というのは そんなにも 卑しい色か？
ディミートリアス
　この悪党め！ とんでもないこと してくれたよな
アーロン
　やったことなど おまえらに どうにもならん
カイロン
　母上の 身の破滅だぞ
アーロン
　悪党は おまえらだ 王妃の望み 叶えてやった だけのこと
ディミートリアス
　犬畜生め！ このことで 母上の 面目は 丸潰れだぞ
　おまえなど 選ぶのが 間違っている
　その選択に 呪いあれ！ 悪魔の子供 地獄に落ちろ！
カイロン
　こんな奴 生かしては おけないぞ
アーロン
　殺させるわけには いかないぞ
乳母
　アーロン 言われる通り するのです！
　王妃から 絶対に 殺すようにと ご命令です
アーロン
　何だって?! 絶対に!? それならそれは 俺がやる
　俺にある 血や肉を 分けた子だ

111

ディミートリアス

　オタマジャクシは 俺の剣にて 刺し殺す

　婆や それ こちらによこせ

　今すぐに 血祭りに 上げてやる

アーロン

　その前に 俺の剣 おまえの腸(はらわた)抉(えぐ)り出す

　(乳母から赤ん坊を取り上げて剣を抜く)

　そこを動くな 殺人鬼めが おまえらは 弟を 殺す気か!?

　よく聞けよ この子が生を 受けたとき

　天空に 燦然(さんぜん)と 輝いていた 太陽に懸け

　俺の長男で 跡継ぎの子を 手にかけようと する奴は

　この俺の 半月刀で 斬り殺す

　よく聞けよ 未熟者よ エンセラダス[28]が

　恐ろしい テュポン[29]の一族 引き連れて やって来ようと

　ヘラクレス[30]や 戦いの神 軍神マルスが 来ようとも

　この子は 父である 俺の手からは

　奪い取らせは しないから

　おい そこの 楽天的で 浅知恵の 小僧達！

　漆喰(しっくい)野郎！ 居酒屋の 看板男！

28　ギリシャ神話。ガイア（大地）とウラナス（天空）との子で、巨人。神々と巨人族との戦いに敗れ、シシリー島のエトナ山に埋められた。

29　百の蛇の頭を持ち、口から火を吐き、脚も蛇の形をしていて、その足が世界を覆うほど巨大な怪物。

30　ギリシャ・ローマ神話の最大の英雄。

真っ黒と いう色は どんな色より 高級だ
　　他の色と 混ざるのを 潔(いさぎよ)しとは しないのだ
　　大海の すべての水を 使っても
　　一時間ごと その潮水に 脚を浸して 洗っても
　　白鳥の 黒い脚 白くなど ならないのだぞ
　　王妃には 伝えておけよ 俺はこの子を 育てるからな
　　口実は そっちでうまく 考えるのだ

ディミートリアス

　　おまえは王妃 自分の主人を 見捨てる気かよ!?

アーロン

　　主人は主人 だが この子 俺自身だぞ
　　この元気さは 昔の俺の 生き写し
　　世界中の 何よりも 俺には この子が 大切だ
　　誰が何と 言おうとも 俺がこの子を 守り抜く
　　ローマの誰か そのことで 被害を受けても 構わない

ディミートリアス

　　このことで 母上は 生涯に わたって恥辱
　　味わうことに なるだろう

カイロン

　　この性的な 逸脱で ローマによって 母上は
　　黒いレッテル 貼られるはずだ

乳母

　　皇帝は 怒り狂って 王妃など
　　死刑になるに 決まっています

カイロン

　この不名誉を 思っただけで 赤面するな

アーロン

　おまえらが 白人という 特権か!?
　そんなもの 裏切り者の 色である
　顔を赤くし 心の底の 決意とか 秘密を暴露 してしまう
　この子など 全く別の 顔色だ
　黒い顔で 父親に 微笑みかけて
　「お父さん あなたの子です」と 言ってるようだ
　この子は おまえらの 弟ですよ
　あなたらに 命与えた 同じ血が
　この子の中に 流れてる
　おまえらが 入ってた 子宮から
　この子もやっと 解放されて この世に生まれ 光を浴びた
　顔には俺の 刻印が 押されているが
　この子が おまえらの 弟なのは 母親の 保証済み

乳母

　アーロン 王妃さまには どう伝えれば いいのです?

ディミートリアス

　どうしたらいい? アーロン いい考えは あるのかい?
　俺達は おまえの案に 従うからな
　俺達の身に 危険が 及ばないのなら
　その子助けて いいからな

アーロン

では 座り 相談しよう 俺はこの子を 警戒し ここにいる
おまえらは 二人そこにて 安全策を 話してろ
（彼らは座る）
ディミートリアス

その赤ん坊 見た女は 何人だ？

アーロン

おや いい点に 気づいたな！
俺を仲間に したならば 俺は子羊
敵に回せば ムーアなんかは 怒る猪 山のライオン
逆巻く海も アーロンの 嵐には 勝てはせぬ
もう一度 聞くからな この子を見た者 何人だ?!

乳母

助産婦の コーネリア そして私と
出産された 王妃さまの 三人です

アーロン

王妃と助産婦 その他に おまえだけだな
三人目 消えたなら 二人なら 秘密しっかり 守られる
王妃には 俺が今 言った通りに 伝えろよ
「ウィーキー！ ウィーキー！」（乳母を刺し殺す）
豚もそう 鳴き喚く 焼き串に 掛けられる 寸前に

ディミートリアス

アーロン おまえ どういうつもり？
なぜこんなこと したんだよ!?

アーロン

ああ これは 策略だ
ゴシップ好きの こんな女を 生かしておけば
この顛末(てんまつ)を 吹聴するに 決まっている
そんなこと させるわけには いかないからな
さあ ここで 俺の策略 教えよう
この近く 俺とは同じ 国の出で
ミューリーと いう名の男 住んでいる
そいつの妻が 昨日の夜に 産気づき 子供を産んだ
母親の 血を引いた その赤ん坊
ローマ人と 同様に 白い肌
ミューリーに 共謀するよう 持ち掛けて
妻には金を 握らせて 二人には 事のあらまし 告げるのだ
その子供 出世して 皇帝の 世継ぎになると 言ったなら
喜んで 俺の息子と 取り替えるはず
そうすれば 宮廷の 嵐のような スキャンダル
巻き起こさずに この一件は 落着するぞ
皇帝は 自分の子だと 思い込み 腕に抱き あやすだろうよ
よく聞くのだぞ この俺は この乳母を 始末した
(乳母を指差す)
葬式を してやるの おまえらの 仕事だからな
野原は近い お二人は しゃれ男でしょう
埋葬が 済んだらすぐに 助産婦を
俺の所へ 来させるように するのです
助産婦と 乳母の二人を 片づけたなら

貴婦人方が 何と言おうと 放っておけば 済むことだ
カイロン
　　アーロン 風にもおまえ 秘密など 囁(ささや)かぬ 男だな
ディミートリアス
　　この件で タモーラと 俺達は
　　おまえに借りが できたよな
　　（乳母の遺体を引き摺(ず)って、二人は退場）
アーロン
　　さあ 燕(つばめ)が飛んで 行くほど速く ゴート人の 所へ行って
　　この腕に 抱いている 俺の宝を こっそり預け
　　王妃の味方 する者達に 会いに行く
　　さあ 行くぞ 分厚い唇 した赤ん坊
　　この苦境から 逃がしてやるぞ
　　こんな策略 巡(めぐ)らせるのは おまえのためだ
　　おまえには 木の実 草の根 与えよう
　　牛乳の 糟(かす)や上澄み 山羊(やぎ)の乳を 飲ませよう
　　洞穴(ほらあな)の 小部屋に 住まわせ 一人前に 育ててやろう
　　戦士となって 指揮を執(と)れ　（赤ん坊を抱いて退場）

第３場

公共の場

（タイタスは矢を数本持って登場。その先に手紙を結びつ

けている。マーカス、小ルシャス、パブリアス、センプロニアス、カイアス 登場）

タイタス

　さあ マーカス ここに来て 身内の者よ
　これがその 方法だ
　小ルシャス おまえの弓の 腕前を 見せてくれ
　弓をしっかり 引き絞り 標的はそこ 真っすぐだ
　正義の女神 アストレア[31]は もういない
　マーカス 忘れるな アストレアは いないのだ 逃げ去った
　さあ 諸君 道具を用意 致すのだ
　大海を 探るのだ 網を投げろよ
　運が良ければ アストレアが その網に
　掛かるかも しれぬから
　しかし この 海中も 陸上と 同じほど
　正義など ないのかも しれないな
　いや 違う パブリアスと センプロニアス
　おまえ達は やらねばならぬ
　バールと 鋤(すき)で 穴を掘れ 大地の底の 底にまで 掘り抜いて
　プルート[32]の 領域に 達したら
　このように 嘆願を するのだぞ
　「どうか正義と 援助とを お与えを！

31　ギリシャ神話。「星の乙女」を意味し、正義を司る女神。
32　ローマ神話。黄泉の国を支配する神。

無慈悲な ローマで 悲しみに 打ち震えている
　　年老いた タイタスからの 者です」と そう言ってくれ
　　ああ ローマ！ そうだ そうなんだ
　　ローマをこんな 惨めな地に した者は わしなのだ
　　民衆の 執行権を もらい受け
　　それを纏(まと)めて 暴君に 捧げた者は わしなのだ
　　さあ 早く行け しっかりと 用心しろよ
　　軍艦の中も 隈無く捜せ あの邪(よこしま)な 暴君が
　　正義の女神 連れ出したかも しれぬから
　　そうなると アストレア捜し 無意味となるな

マーカス

　　ああ パブリアス おまえの立派な 伯父上が
　　このように 錯乱されて いるのを目にし
　　何とこれ 痛ましい ことではないか!?

パブリアス

　　それ故に 昼夜分かたず 伯父上に
　　気を配るのが 肝要と 思えます
　　また伯父上の お気持ちに 沿うように
　　心掛ける 必要が ありますね
　　いずれは時が 伯父上の 心の傷を
　　癒(い)やしてくれる はずですよ

マーカス

　　親族の 者達よ 兄上の 悲しみは 癒やし難い ものなのだ
　　我々は ゴート族と 手を結び

ローマに対し その忘恩に 値する 報復の 戦を起こし
　　反逆者 サタナイナスに 鉄槌を 下すのだ

タイタス

　　パブリアス どうだった？ さあ 諸君 結果はどうだ?!
　　おい！ 正義の女神に 会えたのか?!

パブリアス

　　いいえ 伯父上 会えはしなくて 残念ですが
　　冥界の プルートが 復讐の 神ならば 地獄から 与えるが
　　実際に 正義の女神は 天空の ジョウブの所か
　　他の所で 忙しく 働いて いるとのことで
　　今しばらくは お待ち願うと いうことでした

タイタス

　　このわしを 待たせるなんて ひどいことだな
　　地下にある 燃える池に 飛び込んで
　　冥界の 川辺から 足を掴んで 引き上げてやる
　　マーカス わし達は 低木だ 杉のような 大木でない
　　サイクロプスの 巨人の骨格 でもないが
　　骨の髄まで 筋金入りだ
　　だが その背骨 非道な仕打ちで
　　耐えられぬほど ねじ曲げられた 状態だ

33　ギリシャ神話。「冥界の川」。大地の神ガイアの子であるアケロンは、巨人族がオリンポスの神々と戦って敗北したとき、巨人族に川の水を飲ませてやった罪で、地下に追放された。
34　ギリシャ神話。単眼の巨人。

第 4 幕

地上にも 地獄にも 正義がないと するならば
天に訴え 神々の 心動かし この非道 正すため
正義の女神を 地上へと 送ってもらおう
さあ やるべきことに 取り掛かろうか
マーカス おまえは 弓の名手だ （それぞれに矢を番(つが)える）
「ジュピターへ」それはおまえだ これは「アポロンへ」[35]
「マルスへ」これはわしのだ
「女神ミネルバ」[36] は 小ルシャス
これは「マーキュリーへ」[37]
カイアス おまえは「サターンへ」[38] だ
サタナイナスでは ないからな
風下からも 射ることは できるだろう
さあ やれよ 小ルシャス！
マーカス わしの号令 聞いたなら
すぐに矢を 放つのだ！
そこに書かれた 言葉はきっと 効力を 発揮する
すべての神に 願ったからな

マーカス

身内の諸君 矢はすべて 宮廷に 放つのだ！

---
35 ギリシャ神話。弓の技、音楽、預言などを司る神。ラテン名は「アポロ」。
36 ローマ神話。戦争、知恵、芸術などを司る女神。
37 ローマ神話の伝令神。商人や旅人の守護神でもある。
38 ローマ神話の農耕神。ギリシャ神話のクロノスに相当する。

思い上がった 皇帝に 一矢(いっし)を報いて 脅かせてやる
タイタス
　さあ みんな 矢を放て！ （全員矢を放つ）
　よくやった 小ルシャス 乙女座の 懐辺(ふところあた)りに 向かったな
　その矢は ミネルバへ 届くだろう
マーカス
　兄上 私の矢は 月よりも
　１マイル 向こうに照準 定めています
　兄上の お手紙は もうジュピターに 届いています
タイタス
　はあっ！ パブリアス パブリアス 何をしたのだ?!
　見るがいい！ 牡牛座の 牛の角 その片方を 射落とした
マーカス
　いや もうこれは 愉快だな パブリアスの
　矢傷を受けた 牛が暴れて 牡羊にぶつかり
　牡羊の角(つの)が 二本とも 宮廷に 落ちたんだ
　それを見つけた 男は何と 王妃の情夫
　王妃笑って ムーアに言った
　「あなたがこれを 皇帝に プレゼント するべきよ」と
タイタス
　なるほどそれは 面白い あの皇帝も 大喜びを するだろう

（二羽の鳩が入った鳥籠を持った道化 登場）

知らせだぞ 天からの 知らせが来たぞ
マーカス 使者が来た 知らせは何だ?!
手紙はあるか？ 正義はここで なされるか？
木星の ジュピターからの 返事はどこだ?!

道化

木製の 絞首刑台？ 執行人が 言うことにゃ
処刑台は 取り外せ 処刑執行 来週に 延期だと

タイタス

わしが今 知りたいことは ジュピターの 返事だぞ

道化

悪いけど ジュピターなんて いう奴は 知らねえな
そんな奴とは 一緒に酒を 飲んだこと ねえからな

タイタス

おいおまえ 使者じゃないのか？

道化

死んでなんか いませんよ 鳩だって 生きてます

タイタス

天国から 来たのではない？

道化

天国からと？ とんでもねえや
そんなとこ 行ったことねえ
若いのに 天国に 行くなんて
だいそれたこと したのなら
神様に お叱りを 受けますからね

123

おいらの叔父と 役人との 訴訟があって
　　お裁きの場に 鳩を届ける ところなんです

マーカス

　　兄上 これは 嘆願書 差し出すのには 絶好の 機会です
　　兄上からと 皇帝に 鳩を献上 させるのは いかがです？

タイタス

　　どうだ おまえは 皇帝に 恭しく 嘆願書 届けられるか？

道化

　　「うやうやしく」なんてこと 生まれてこの方
　　一度だって 言ったことなど ないんだからね

タイタス

　　おい ここへ来い 騒ぎ立てる 必要はない
　　皇帝に 鳩を差し上げる だけのこと
　　わしの口添え あったなら 正しい裁き 受けられるはず
　　少し待て わしの頼みに この金を 取っておけ
　　ペンとインクを 持って来い
　　嘆願書 差し出して くれるだろうな

道化

　　いいですよ 旦那

タイタス

　　では これが 嘆願書だ 皇帝の 前に行ったら まず跪け
　　その次に 皇帝の足に キスをし それから鳩を 差し上げろ
　　あとは 褒美を 待つだけだ わしがおまえの 後ろ楯だ
　　堂々と やるんだぞ

第 4 幕

道化

　大丈夫です 一人できっと やれますからな

タイタス

　おい ナイフはあるか? あるならそれを 見せてくれ

　マーカス 嘆願書を 折り畳（たた）み これをその中に

　入れてくれ さあ これで 慎（つつ）ましやかな 嘆願書

　出来上がったぞ

　皇帝に 渡した後で わしの館に 立ち寄って

　皇帝が 何と言ったか 伝えては くれないか?!

道化

　がってんです 伝えましょう

タイタス

　さあ マーカス 行くとしようか パブリアス ついて来い

　（一同 退場）

第 4 場

宮殿の前

（サタナイナス、タモーラ、ディミートリアス、カイロン、貴族達、その他登場　［サタナイナスはタイタスが放った数本の矢を持っている］）

サタナイナス

どう思う?! 皆の者 何という 反逆行為！
ローマ皇帝で このように 威圧され 悩まされ
対決を 挑まれた者は いるのだろうか!?
法の正義が これほどまでに
軽蔑された ことなどが あっただろうか!?
公正な 神と同様 諸侯もすべて ご存知だろう
我らの平和を 乱す輩(やから)が 民衆の耳に
良からぬ噂 流そうと
老齢の タイタスの 狡猾(こうかつ)な 息子らに
与えられた 刑罰は 法に照らして 妥当なものだ
悲しみのせいで 気が変に なったとしても
どうして俺が タイタスの 敵愾心(てきがいしん)の 標的になり
奴の発作や 狂気 毒舌に 悩まねば ならぬのか?!
そして今 奴は天に 救済を求める手紙 書いている
見るがいい これはジュピターに これはマーキュリーに
これはアポロンに これなどは 軍神マルスに 宛てたもの
ローマの町を 飛び交(か)うのには 相当な 手紙だな
これにより 元老院を 槍玉に挙げ
この俺が 不正行為を しているなど
大嘘を 言いふらしている
悪ふざけも やり過ぎだ そうではないか?! 諸侯の方々
ローマには 正義など 存在しないと 言うようなもの
だが俺が 生きてる限り 見せかけの 奴の狂気で
好き放題に させるなど 一切ないと 言明致す

サタナイナスが 健康で ある限り 正義は続くと

　タイタスと その一族に 知らせてやるぞ

　正義が眠れば 俺が起こして やるからな

　激怒した 正義の女神 高慢な 謀叛人(むほんにん)らを 斬り捨てるはず

タモーラ

　愛すべく 慈悲深い陛下 サタナイナス 私の心 私の命

　冷静になり 年老いた タイタスの 過ちを

　許してあげて もらえませんか

　勇敢な 息子らを 失った 悲しみが 胸を刺し

　その傷が 癒えないのでしょう

　身分の上下に 拘(かか)わらず 蔑(さげす)むべきこと した者は

　処罰するより 辛い境遇 慰めて あげましょう

　〈傍白〉すべてのことを もっともらしく 言うことができ

　機知が働く タモーラなのさ

　だが タイタスよ おまえの痛い 所をグサッと

　突いたから 血は流れたな

　アーロンが今 抜け目なく 事を運んで くれたなら

　港に錨(いかり) 下ろした船が 安全なほど 安心できる

（道化 登場）

　あら あなた どうしたの？ 私に何か 用事です？

道化

　はい 実際に 奥方さまが 皇帝で いらっしゃるなら

タモーラ

私は王妃 あそこに腰を 掛けているのが 皇帝よ

道化

あのお方だな これはまあ 良きお日和(ひより)で

一通の お手紙と 二羽の鳩 お持ちしました

(サタナイナスは手紙を読む)

サタナイナス

こいつをすぐに 連れ出して 絞首刑に 掛けるのだ

道化

いくらほど ご褒美を?

タモーラ

何をおまえは 言っているの?! 縛り首に されるのよ

道化

縛り首!? とんでもないよ おいらの首が 捧げ物?

(連行されて退場)

サタナイナス

耐え難い 悪意に満ちた 仕業だな

これほどひどい 悪行に 耐え忍ぶのか?!

この策謀の 出所は 分かっておるぞ

こんなこと 耐えられぬ!

俺の弟 殺した罪で 法により

死刑となった 無法者の タイタスの 息子らは

俺により 不当にも 虐殺されたと 書いてある

さあ 行って髪の毛を 引っ掴(つか)み あの悪党を 連れて来い

老齢も 名誉も 何も 容赦はしない
この傲慢(ごうまん)な 嘲(あざけ)りの 返礼に 俺のこの手で おまえを殺す
狡猾で 気が触れた 悪党め ローマと俺を 支配するため
俺をローマの 皇帝に 推挙したのに 違いない!

(イーミリアス 登場)

何事だ?! イーミリアス
イーミリアス

皇帝陛下! 武器です! 武器を手に!
ローマにかつて これほども
危機が迫った ことなどは ありません
ゴート族 兵を集めて 兵站(へいたん)を 確保するため 奪略重ね
血気盛んな その軍勢は
ローマ目差して 進軍を 続けています
指揮を執るのは 老齢の タイタスの
息子である ルシャスです
過去に於いては コリオレイナスが したように
報復のためと 豪語して いるのです
サタナイナス

名将ルシャスが ゴート族の 指揮官と?!
その知らせ 俺の心を 萎(な)えさせる
霜が降りた 花などや 嵐によって 薙ぎ倒された 草のよう
俺の頭は 垂れ下がる

俺達の 悲しみは 今始まった
あの男 市民には 心から 慕われている
俺自身 平民姿で 町中を お忍びで 歩いたが
民衆は よく言っていた ルシャスの追放 不当だと
皇帝には ルシャスが最も 相応しいと

タモーラ

何を恐れて いるのです?!
偉大なローマ 難攻不落の はずですよ！

サタナイナス

それはそうだが ローマの市民 ルシャスに味方し
俺に逆らい ルシャスを援助 するだろう

タモーラ

皇帝である 自覚をどうか お持ちください
太陽は 蠅などが 飛び入ったから 暗くなります?!
鷲などは 小鳥の歌に 煩わされて いませんね
小鳥の歌の 意味などに 無頓着です
理由はね 大きな翼 広げるだけで その影に 怯える小鳥
歌をやめるの 鷲はよく 知っているからよ
あなたにとって 軽薄な ローマ市民は 小鳥と同じ
だからそんなに くよくよせずに
皇帝として 自信を持って！
私がうまく 年老いた タイタスを
甘い言葉で 釣ってあげます
魚のルアーで 魚は傷つく

クロバーの 食べ過ぎで 羊は死ぬわ

私の甘さ 危険なものよ

サタナイナス

だが奴は 我らのために ルシャスに嘆願 するわけがない

タモーラ

私が彼に 嘆願すれば きっと息子に 言ってくれます

スムーズに 老人の耳へ 黄金の 約束を 吹き込みましょう

それを聞いたら あの人の 固い心や 頑(かたく)なな耳も

私の言葉に トロリと溶ける はずですわ

〈イーミリアスに〉あなたは先に 出掛けていって

使者として このように 伝えるのです

「皇帝は 名将ルシャスと 交渉の場を 設けたい

その場所は ご父君(ふくん)の タイタス殿の 館では いかがかと」

サタナイナス

イーミリアス この使命 しっかりと やり遂げろ

身の安全のため 人質が 要るのなら

誰なりと 差し出すと 言ってくれ

イーミリアス

命令を 確実に 果たしてきます

タモーラ

さて この私 タイタスの 所へ行って

あらゆる手段 使って彼の 心を宥(なだ)め

傲慢な ルシャスを ゴート族の 軍から遠く

引き離すよう 手を尽くします

だから もう 大好きな 私の陛下
　　明るい顔を なさってください
　　密かな私の 工作で あなたの恐れ 消えていきます
サタナイナス
　　では 今すぐ行って 説き伏せてくれ　（一同 退場）

第5幕

第1場

ローマ近くの平原

([トランペットの音] ルシャス、軍鼓と軍旗を持ったゴート軍 登場)

ルシャス

 実績のある 戦士諸君 そしてまた 我が盟友よ
 大いなる ローマより 数多く 手紙届いて いるのです
 その内容は 共通し 皇帝を 憎んでいると 記されている
 民衆は 我々の 到着を 今か今かと 待ち望んでる
 それ故に 諸侯のみんな ご自分の 爵位に恥じぬ
 威風によって 不正を正し ローマが与えた 損害を
 三倍返しに してやればいい

ゴート人1

 偉大なる アンドロニカス 幹として
 その小枝である 勇壮な 我らの指揮官
 ご父君の名は かつては恐怖 今は我らの 頼みの綱だ
 その功績や 栄誉ある 行動に

忘恩の ローマは今や 侮辱にて その返礼と しています
我々に 絶大な 信頼を 置いてください
夏の盛りに 針を持つ 蜂達が
女王蜂に 従って 花開く 野原に向かい
出撃を するように
我々も 指揮官に 従って どこまでも ついて行き
邪な タモーラに 必ずや 復讐を 遂げてやる！

ゴート人一同

我らみんなの 言葉です

ルシャス

最初の者の 言葉にも みんなの者の 言葉にも 感謝する
誰なのだ⁈ 精悍な ゴートの兵に 捕らわれて 来た男

（赤ん坊を抱いているアーロンを引き連れてゴート人登場）

ゴート人2

高名な ルシャス殿 この私 本隊からは 少し離れて
廃墟となった 修道院を 視察に行って おりました
荒れ果てた 建物を 見ておりますと
突然に 壁の辺りで 赤ん坊の 泣き声が 聞こえてき
その方向に 行ってみますと 子供をあやす 声がしました
「泣くんじゃないぞ 褐色の 赤ん坊
半分は俺 半分は 母親の血を 受け継いでいる

肌の色が 誰の子か 暴露せず
　　自然がおまえに 母親の 顔の色 与えていたら
　　皇帝に なれたかも しれないのにな
　　だが おまえ 雄牛も雌牛も ミルクのように 白色ならば
　　石炭色の 黒い子牛は 絶対に 生まれない
　　赤ん坊 泣くんじゃないぞ」と 赤ん坊 叱りつけ
　　「信頼できる ゴート人の 所へと
　　おまえをすぐに 連れて行く
　　おまえのことを 王妃の子だと 知ったなら
　　王妃のために きっとおまえを
　　大切に してくれるはず」そう言いました
　　そこで私は 剣を抜き 駆け寄って
　　この男 取り押さえ 何かの役に 立つかと思い
　　ここに連行 してきたのです

ルシャス
　　ああ これは 手柄だぞ 立派なゴートの 兵士だな
　　こいつはな 悪魔の化身 タイタスの 左手を 奪い取り
　　王妃の目を 喜ばせた 真珠であって
　　この子が 情欲の 卑(いや)しい果実
　　おい 大きな目玉の 奴隷野郎
　　悪魔のおまえに そっくりの
　　その子をどこに 連れて行くのだ⁉
　　なぜ話さぬか⁉ 何だおまえは 聞こえないのか⁉
　　兵士諸君！ 縄を掛け この木に吊るせ！

こいつのそばの 邪淫(じゃいん)の印しの この子もな
アーロン
　　この子には 手を触れるなよ 王族の血が 流れてる
ルシャス
　　父親に そっくりで 王族に 似ても似つかぬ
　　まず最初 子供を吊るせ 子供がだらりと
　　ぶら下がる 光景は 父親の 魂を 苛(さいな)むだろう
　　梯子をここへ！
　　（アーロンは梯子の上に上がらされる）
アーロン
　　ルシャス 頼むから 子供の命 取らないでくれ
　　王妃のもとへ どうかこの子を 届けては くれないか？
　　してくれるなら アッと驚く 真実を 話してやろう
　　そうしないなら どうにでもなれ
　　俺の最後の 言葉はな「復讐の神に 栄光を！」だ
ルシャス
　　言ってみろ おまえの話 気に入れば
　　その子の命 助けてやるし
　　育つよう 取り計らって やるからな
アーロン
　　「気に入れば」だと！ ルシャス 全く逆だ
　　俺の言うこと 聞いたなら おまえの心は ズタズタに
　　引き裂かれるに 決まってる
　　俺の話は 殺人 レイプ 虐殺だ

暗い夜の 悍ましい 仕業だぞ
破壊行為に 反逆や 暴虐の 陰謀だ
聞くも哀れな 物語 それが実際 為されたのだぞ
俺が黙って 死んだなら すべてが闇に 葬られるぞ
おまえがこの子を 助けると 言わないのなら！

ルシャス

この子の命 助けてやるぞ さあ 話せ！

アーロン

この子は生かすと 誓うのだ！ そうすれば 話してやろう

ルシャス

誰に誓えば いいのだね?! おまえは神を 信じていない
そうすると 僕の誓いは 信じられない ことになる

アーロン

それがどうだと 言うんだい?!
確かに俺は 神なんて 信じていない
だが 俺は 知っている 確かおまえは 信心深い
それにだな 心の中に 良心と いう奴 持っている
法王が 拵えた 数々の 仕来りや 儀式など
おまえがそれを 大切に 守っているのを 知っている
だから誓えと 言っている
馬鹿者は くだらない 安物を 神様と 信じ込み
その神様に 誓ったことを しっかり守る
だからこの俺 きっと誓えと 言っている
どんな神でも 構わない

おまえが真面に 崇拝している 神様に 誓うのだ！
俺の子供は 殺さない そして立派に 育ててやると！
そうしないなら 一切何も おまえには 語らない
ルシャス
では 僕が 信じる神に 懸けて誓うぞ
絶対に 誓いは守ると
アーロン
まず第一に この赤ん坊 俺が王妃に 産ませた子だぞ
ルシャス
ああ 何という 飽くこと知らぬ 淫(みだ)らな女
アーロン
何を言う！ ルシャス これなんか この俺の 慈善行為だ
今から俺が 話すことと 比較したなら
すぐにそれ 分かるだろうよ
バスィエイナスを 殺した奴は タモーラの 二人の息子
その二人 あんたの妹 強姦(ごうかん)し 舌を切り
両手をスパッと 切り落とし
見ての通りに きれいさっぱり させたのだ
ルシャス
「きれいさっぱり」と！ 何を言う！ この悪党め！
アーロン
なあに ラヴィーニャは 手をごしごしと 洗ってもらい
切ってもらって 仕上げには 削ってもらい…
ルシャス

ああ！ 残酷な！ おまえなんかは 野獣だな！
アーロン
 その通り この俺が 個人指導で 教えてやった
 あの淫乱な 性格は 母親譲り 母親の 生き写しだぜ
 好戦的な 考え方は この俺の 影響だ
 犬同士 喧嘩のときは 真正面から 吠え立てる
 俺のやること 見ていれば 俺の価値 すぐ分かる
 バスィエイナスの 死体が落ちて いた穴に
 おまえの弟 連れて行ったの この俺だ
 あんたの親父 読んだ手紙は 俺が書き
 手紙にあった 金を隠して おいたのも この俺だ
 王妃や息子と 共謀だ
 おまえが嘆く 事柄で 俺の関与が ないものは 何もない
 おまえの親父 うまく騙して
 手をばっさりと 切り取ったのも この俺だ
 その手をもらい 奴から離れ 一人になって この俺は
 笑い転げて 心臓が 破裂しそうに なったんだ
 奴が手と 息子の首を 受け取って さめざめと
 泣いているのを 壁の隙間から 覗(のぞ)いていたが
 俺の目も 涙で溢れ 困っちまった
 その光景が 楽しくて 笑い過ぎた からなのだ
 王妃にこれを 話したら この朗報に うっとりと 恍惚(こうこつ)状態
 そのお礼にと 何度もキスの 祝福を もらったわけだ

ゴート人1

恥ずかしげもなく よくそんなこと 言えるよな
アーロン
　　よく言われるが 黒い犬は そんなもの
ルシャス
　　そのような 極悪の 所業を為して 後悔は しないのか?!
アーロン
　　ああ しているぞ
　　もっと多くの 悪行を しなかった 日のことを
　　だが そんな日は ごく僅か 毎日何か 悪事をしてる
　　人殺し そうでなければ 殺人計画
　　若い娘の 強姦や その策略を 練っている
　　無実の者を 告訴して 偽証によって 罪人にする
　　友人同士に 割って入って 仲違いさせ
　　貧乏人の 家畜の首を へし折って
　　夜中になれば 納屋や 馬草に 火を点けて
　　その所有者に 涙の雨で 火を消せと 命令したり
　　これはよく やることだがな
　　身内の者の 悲しみが 癒える頃合い 見計らい
　　死体 墓から 掘り起こし そいつらの 玄関に 立てかけて
　　木の皮を 掘るように 死体の肌に ナイフを使い
　　ローマ字で「我が死すとも 汝らの
　　悲しみは 永続すべし」と
　　畜生め！ これまで俺は 人が蠅 殺すみたいに
　　喜んで 何千も 悪事働き ここまで来たが

もうこれで 何万も 悪事できなく なったこと
これだけが 心残りだ

ルシャス

その悪魔 引きずり下ろせ！
縛り首など 楽な死に方 させてはならぬ

アーロン

悪魔など いると言うなら 俺は悪魔に なりたいものだ
永劫(えいごう)に 燃える炎に 焼けながら 生きている
そうとなりゃ おまえらの 地獄仲間と なってやり
この俺の 毒舌で おまえらを 痛めつけて やるからな

ルシャス

そいつの口を 縛りつけ 黙らせておけ！

（ゴート人3 登場）

ゴート人3

閣下 ローマから 使者が 来ました
拝謁(はいえつ)したいと 申しています

ルシャス

入れても良いぞ

（イーミリアス登場）

おお イーミリアス ローマから 何の知らせだ？

イーミリアス

　ルシャス閣下 ゴートの諸侯
　ローマ皇帝 私を通し ご挨拶 致したいとの 仰せです
　皇帝は 閣下が挙兵 されたこと お聞きになって
　ご父君の 館にて 話し合う 機会を所望 されてます
　人質が 必要ならば 誰であっても 差し出すと
　伝えるようにと 言われています

ゴート人１

　将軍の ご意見は？

ルシャス

　イーミリアス 皇帝の 人質は
　父上と マーカスに 任せるから
　彼らのもとに 届けるように
　そうすれば 会談の席に 着くからな さあ進軍だ
　(一同退場)

第２場

タイタスの館の前

(タモーラ、ディミートリアス、カイロン全員変装して登場)

タモーラ

このように 黒ずんだ 異様な衣服で 変装し
タイタスに 会うことにする
地底から 送られた 復讐の 神であり
タイタスに 加勢して 憎むべき 不正を正しに
来たのだと 言うことにする
家のドアを ノックして!
奴はあそこで 恐ろしい 復讐の 奇怪な案を
練っていると 言われているんだ
復讐の 神々が 敵を呪って 破滅をさせる そのために
加勢に来たと 言うんだよ

(息子らがドアをノックする。タイタスはドアを開けて、階上に登場)

タイタス
わしの瞑想(めいそう) 邪魔立てするの 何者だ?!
わしを騙して ドアを開け
わしの真面目な 掟(おきて)を空に 舞い散らせ
心の準備を 台無しに する気だな
そうはならんぞ わしがやろうと することは
これを見ろ 血の文字で 書いてある
書かれたことは 必ずや 実行される

タモーラ
タイタスよ 私はおまえと 話し合おうと やって来た

タイタス

いや だめだ 一言も
わしの話に 力を添える 身振りのための 手がなくて
どうしてうまく 話せよう
そちらの方に アドバンテージ あるからな だから断る

タモーラ

私が誰か 分からないので 話したく ないのでしょうね

タイタス

わしは気が 触れてはいない
おまえのことは よく知っている
この惨めな手が 証人だ この血の文字が 証人だ
悲しみと 心労が 刻まれた 皺(しわ)が証言 しているぞ
憂(うれ)いの昼と 耐え難い夜 立証している
あらゆる悲劇が 証人となる
おまえが誰か 言ってやる
高慢で 権勢握る 王妃であって タモーラだ
おまえはわしの もう一方の 手を取りに
来たのであろう

タモーラ

悲しみに 打ち拉(ひし)がれた そこの方 分かるでしょう
この私 タモーラで ありません
タモーラは あなたの敵で 私はあなたの 味方です
地獄の国の 復讐の 女神です
あなたの心を かじり取る 禿鷲(はげわし)を 取り除き

あなたが敵に 恨みを晴らす 助けにと 参ったのです
さあ ここに来て 光の国へ 私を入れて
殺人と 死について 私に相談 するがいい
洞穴や 隠れ家や 広大で 茫漠(ぼうばく)とした 霧の谷間も
「残酷な 殺人」や「忌まわしい レイプ」が
逃げ込もうとも 私がそれらを 見つけ出し それらの耳に
恐ろしい 私の名前「リベンジ」と 教えてやるわ
それを聞いたら 邪な 犯罪人も 震え上がって しまうはず

タイタス

そこのあなたは 復讐の 女神です？
わしの敵を 成敗(せいばい)するため
地獄から 送られて 来たのです？

タモーラ

その通りです ですからここに 早く来て
私をどうか 歓迎を！

タイタス

そこまでわしが 行く前に して欲しい ことがある
ほら おまえのそばに「強姦」と「殺人」が 立っている
おまえ自身が 復讐の 女神だと いう証拠 見せてくれ
その二人 刺し殺すのか おまえの戦車の 車輪に括(くく)り
八つ裂きに してくれないか
そうしてくれたら 下りて行き 戦車の御者(ぎょしゃ)に なってやり
おまえと共に 地球をグルッと 駆け巡る ことにする
漆黒の馬 用意して 復讐の 戦車を疾駆(しっく) させながら

罪深き 洞穴にいる 殺人鬼を 見つけ出す
　　そいつらの 生首で おまえの車 一杯に なったなら
　　わしは馬車から 降り立って
　　日の神の ハイペリオンが 東の空に 昇ってからは
　　西の海に 沈むまで 馬丁(ばてい)のように 車の横を 走り続ける
　　苦しいが 毎日毎日 同じ仕事を やり通す
　　だから その「強姦」と「殺人」を やっつけてくれ

タモーラ

　　この二人 私の手下 だからいつでも そばにいる

タイタス

　　おまえの手下?! 名前はなんだ？

タモーラ

　　「強姦」と「殺人」よ そう呼ぶ理由
　　そんなこと した連中に 復讐するのが 任務だからね

タイタス

　　だが その二人 王妃の息子 そっくりだ
　　それにおまえは 王妃そっくり！
　　だが 我ら この世の者は 惨めで狂った 目をしているし
　　よく人違い するものだ
　　ああ 慈悲深い 復讐の女神 今そこに 行くからな
　　片腕だけの ハグでいいなら すぐにおまえを ハグしよう
　　（上の階から退場）

39　ギリシャ神話の太陽神。

タモーラ

　狂人には このように 調子合わせて いればいい
　頭がイカれた 男に合わせ
　私がどんな 出任せを 言うのかは 分からない
　おまえ達も 話を合わせて おくんだよ
　もう今は 私のことを 復讐の 女神だと
　堅く信じて いるからね
　この妄想に 駆られてる 間にも
　息子のルシャス 呼びつけて
　宴会の 席を設けて あいつらを ここに釘づけ しておいて
　うまい計略 考え出して
　移り気な ゴート軍を 撤退に 追い込むか
　悪くても タイタスと 反目させる ことにする
　ほら やって来た こっそり私 この計画に 精を出す

（タイタス 登場）

タイタス

　長いこと 希望持てない 日々だった
　復讐の女神 わしはおまえを 待っていた
　悲嘆の家に よく来てくれた
　「強姦」と「殺人」諸君 よく来てくれた
　王妃と息子に よく似ているな
　ここにムーアが いたならば すべてが揃う ところだな

あんな悪魔は 地獄中 捜しても いなかったのか？
　王妃が行く 所には 必ずムーアが 付いている
　それが慣例 ではないか?!
　王妃の振りを するのなら
　あのような 悪魔を連れて 来るべきだった
　でも あなたらは 歓迎だ
　それでこれから どうするのだな？

タモーラ
　タイタス あなたは何を して欲しいのよ？

ディミートリアス
　殺人犯を 教えろよ 俺が始末を つけてやる

カイロン
　レイプした 悪党を 教えろよ 俺が復讐 してやろう

タモーラ
　あなたに悪行 した者あれば そんな者らが
　何千人と いようとも 私が復讐 してあげる

タイタス
　風紀の悪い ローマの通り 捜し回って
　おまえのような 顔をした 男がいれば
　「殺人君」よ 即刻そいつを 刺し殺せ
　そいつこそ 殺人犯だ
　おまえも共に 行ってくれ「強姦君」よ
　たまたまおまえ そっくりの 男を見たら 刺し殺せ
　そいつこそ 強姦犯だ

二人と共に　おまえも出掛け　宮廷に　行ってくれ
　　そこに着いたら　ムーアが侍(はべ)る　王妃がいるぞ
　　足の先から　頭まで　おまえそっくり
　　自分の体型　見たならば　すぐに誰だか　分かるから
　　頼むから　その二人には　ひどい死に方　させてくれ
　　わしの家族と　わしとはな　ひどい目に　遭わされたから

タモーラ

　　よくそれを　教えてくれた　要望通り　してあげましょう
　　でも　タイタス　勇敢な　あなたの息子　ルシャスがね
　　ゴート軍を　自ら率い　ローマに進軍　しているようよ
　　ルシャスを呼んで　あなたの館で
　　宴会を　開いては　どうかしら？
　　宴会の場に　王妃と息子の　三人と　皇帝含み
　　あなたの敵の　すべての者を　連れて来る
　　そうすれば　彼らはみんな　身をかがめ　跪き
　　あなたに許しを　乞うでしょう
　　あなたは彼らに　怒りぶちまけ
　　恨みを晴らせば　いいのです
　　どう思う？　タイタス　この案は？

タイタス

　　マーカス！　兄のタイタスが　呼んでおる

（マーカス　登場）

おい マーカス 甥のルシャスの 所へと 行ってくれ
　　ゴート族の 陣営で 尋ねれば 分かるはずだが
　　ゴートの主な 貴族を連れて
　　わしの館に 来るように 告げてくれ
　　軍の兵士は 今の場所にて 陣を張り 休ませておけ
　　皇帝と 王妃とが わしの館で 食事をされる
　　ルシャスも共に テーブルに着く ことになる
　　マーカス 兄のため この使者に なってくれ
　　息子にも 年老いた 父親のため 来るように 言ってくれ

マーカス
　　仰る通り 致します そしてすぐ 戻ります　（退場）

タモーラ
　　今から私 二人の手下 伴って
　　あなたのために 一仕事 やって来る

タイタス
　　いや だめだ「強姦」と「殺人」の 二人の者は
　　ここに残して おいてくれ
　　そうでないなら 弟を 呼び戻し
　　復讐は ルシャス一人に 任せることに なってしまうぞ

タモーラ
　　〈二人の息子に傍白〉おまえ達 どうする気？
　　ここに留まる？
　　そうしたら その間 皇帝の 所へ行って
　　私が仕組んだ 悪ふざけの あらましを 話しておくわ

タイタスの ご機嫌を 損なわないよう 気をつけて
適当に 調子合せて いればいい
私がここに 戻るまで タイタスと 待っていて

タイタス

〈傍白〉奴らのことは お見通し
わしの気が 狂っていると 思っておるな
奴らの策略 出し抜いて 倍返しに してやるぞ
呪うべき 地獄生まれの 二匹の犬と 母犬め

ディミートリアス

〈母親に傍白〉お好きなように お出掛けを
我ら二人は 残ります

タモーラ

さようなら タイタス 復讐の 女神は一人
敵を欺く 計画を 錬るために 出掛けます　（退場）

タイタス

そのことは よく分かってる
わしの優しい 復讐の女神 さようなら　（タモーラ 退場）

カイロン

では ご老人 何か用事は ありますか？

タイタス

黙れ！ 用事なら 山ほどあるぞ
パブリアス ここへ来い カイアスも ヴァレンタインも！

（パブリアス、その他 登場）

パブリアス

　何かご用で?

タイタス

　この二人 知っておるか?

パブリアス

　これは王妃の 息子達です カイロンと ディミートリアス

タイタス

　何を言う⁉ パブリアス 大間違いだ
　一人は「殺人」もう一人は「強姦」だ
　そういうわけで パブリアス この二人 縄で縛れ
　カイアスも ヴァレンタインも こいつらを 取り押さえろ
　こんな時が 来ることを 願っていたの 知っているだろう
　その時が 今来たぞ だからしっかり 縛るのだ
　叫び出すなら 口を封じろ　(退場)
　(パブリアスらはカイロンとディミートリアスを
　取り押さえる)

カイロン

　悪党め! 何をする! 俺達は 皇后の 息子だぞ

パブリアス

　それだから 命令通り してるのだ
　こいつらの 口を封じろ 一言も ものを言わすな
　しっかりと 縛ったか?
　身動きが 取れないように 縛るのだ

(短刀を持ったタイタス、盥(たらい)を持ったラヴィーニャ登場)

タイタス

さあ早く ラヴィーニャ よく見ろよ
おまえの敵を 縛ったぞ
こいつらの 口を封じて 言葉なんかは 言わせてならぬ
わしが言う 恐ろしい 言葉だけ
聞かせておけば いいからな
悪党の カイロンと ディミートリアス
ここにいるのは おまえらが 泥で汚した 泉だぞ
おまえらの 冬が犯した 爽(さわ)やかな夏
おまえらは この娘(こ)の 夫を 殺したな
その罪を 着せられて この娘の兄は 処刑されたぞ
わしの手は 切り落とされて 笑いの種に されたのだ
可憐な この娘の 両方の手 そして舌
それに加えて 手や舌よりも 大切な
汚れなき 操(みさお)さえ 奪われた
非人間の おまえらが 暴力で 押さえ込み 強姦したのだ
おまえらに 話す機会を 与えたら 何と言う⁉
悪党め！ 神に許しを 乞うことも できないのだぞ
よく聞けよ！ 人でなし！
どのように おまえらを
生け贄(にえ)として 始末するかを 話すから

わしはなあ 残っている 片手を使い
おまえらの 喉笛を 掻き切ってやる
ラヴィーニャは 切り株の 両腕で 盥を支え
おまえらの 罪に汚れた 血をそこに 受けるのだ
知っているように おまえらの 母親は
復讐の 女神を騙り 食事に来るな
それもわしが 狂気だと 思ってのこと
よく聞けよ 悪党め！ わしはなあ おまえらの骨 粉に挽き
おまえらの血と 捏ね合わせ 錬り粉にし
パイの皮 作るのだ
そして その パイで棺を 作るのだ
破廉恥な おまえらの 生首で
二つのパイに 仕上げてみせる
そのパイを おまえらの 邪悪な親で
淫婦の奴に 食わせてやろう
自分が産んだ ものを大地が 飲み込むような ものである
これがわしの タモーラへの 宴の会で
食べ過ぎとなる ごちそうだ
おまえらは わしの娘を
フィロメラよりも ひどい目に 遭わせたな
だからわしは その姉の プログニよりも
ひどい復讐 してやるからな
さあ 首を出せ ラヴィーニャ 早く ここへ来い
（タイタスは二人の首を斬る）

血を受けろ 二人が死ねば その骨を 臼(うす)で粉にし
憎しみを 掻き立てる 液体注ぎ 捏ね合わせ
練り粉の中に 生首を入れ 焼き上げるのだ
さあみんな 忙しく 立ち働いて 宴会の 準備にかかれ
このわしは ケンタウロスが 招かれた 宴会よりも 残酷で
血なまぐさい 宴会に してやるぞ
さあ 死骸を中に 運び入れろ このわしが 料理長だぞ
母親が 来るまでに 仕上げるからな (一同 退場)

第3場

タイタスの館の庭

(ルシャス、マーカス、ゴート人達、捕虜のアーロン 登場)

ルシャス
　叔父上 僕がローマに 行くことを 父が望んで いるのなら
　喜んで それに従う つもりです
ゴート人1
　どんなことに なろうとも 我々も 参ります
ルシャス
　叔父上 野蛮なムーア 飢えた虎
　呪うべき 悪党の化身を お渡しします
　この男には 食べ物は 与えずに 足枷(あしかせ)を つけておき

王妃の前に 連れ出して 奴の悪事の 詳細を
　　証言させて やるのです
　　鉄壁の 味方の警固が 必要ですぞ
　　皇帝に 良からぬ企み あるように 思えます
アーロン
　　悪魔が俺に 呪いの言葉 囁きかけて
　　俺の口に 活力を 与えては くれないものか
　　心の中に 膨れ上がった
　　毒にまみれた 悪意吐き出す ためだから
ルシャス
　　失せろ！ 人間以下の 犬畜生で 悍ましい 下郎の奴め！
　　皆の者 叔父上に 手を貸して この男 引っ立ててくれ
　　（アーロンを連れてゴート人達 退場　［トランペットの
　　音］）
　　あの音は 皇帝が やって来た 知らせだな

（サタナイナス、タモーラ、イーミリアス、元老院議員達、
護民官達、その他 登場）

サタナイナス
　　どういうことだ！ 大空に 太陽が 二つあるのか?!
ルシャス
　　自分のことを 太陽に 喩えても 何の役にも 立ちはせぬ
マーカス

皇帝も 我が甥も そんな話は やめましょう
　　口喧嘩止め 冷静に 議論をすべき ときですよ
　　タイタスが 心を込めて 用意した 宴会は
　　平和や愛や 協調と ローマ繁栄 させるため
　　どうか皆さま こちらに来て ご着席 お願いします
サタナイナス
　　マーカス そうしよう

（[オーボエの音]コックの服装のタイタス、ヴェールで顔を覆ったラヴィーニャ登場。タイタスはテーブルに皿を並べている）

タイタス
　　皇帝陛下 畏れ多くも 皇后陛下 よくお出で 頂きました
　　勇壮な ゴートの方も ルシャスも
　　その他の 方々も 歓迎致す
　　粗末な料理で すまないが 腹の足しには なるでしょう
　　自由にどうか お始めください
サタナイナス
　　タイタスよ なぜそのような 服装を してるのか？
タイタス
　　皇帝と 王妃とを おもてなし するために
　　粗相があっては ならないと 考えまして…
タモーラ

心から 感謝してます アンドロニカス
タイタス
　我が胸の内 お見せできれば そう言って 頂けましょう
　ところで陛下 一つだけ 伺いたいこと あるのです
　ヴァージニアスは 娘が無理矢理 穢されて
　操奪われ 失意にあるの 知らされて
　片腕で 彼の娘を 殺したと 言われています
　それなどは 正当な 行為でしょうか？
サタナイナス
　正当だ アンドロニカス
タイタス
　その理由とは？
サタナイナス
　凌辱された 娘生き延び
　その存在で 父親の 悲しみを 再現させては ならぬから
タイタス
　強力で 適切で 説得力が ある理由です
　手本であって 先例として 鮮烈な 根拠づけに なるものだ
　惨めな私に 先例に 従うように 勧められたぞ
　死ね 死ぬのだよ ラヴィーニャ
　おまえと共に おまえの恥も 死んでいく
　その上に おまえの恥も 一緒にな
　父親の 悲しみも 死んでいくのだ！
　（ラヴィーニャを刺し殺す）

サタナイナス
　何をするのだ！ 不自然で 人の道にも 外れる行為！
タイタス
　娘を殺し 娘のために 涙が溢れ もう何も見えません
　ヴァージニアスと 同じよう この私は 惨めです
　このような 恐ろしいこと するための 原因は
　ヴァージニアスの 千倍も あるのです
　だからこう なりました
サタナイナス
　何だって！ レイプされたか?! した奴は 誰なのだ⁉
タイタス
　まあ どうか お召し上がりを 王妃さまも ご一緒に
タモーラ
　どうして あなた 一人娘を 殺したの？
タイタス
　殺したの わしではないぞ カイロンと ディミートリアス
　その二人 わしの娘を 強姦し
　舌を切り ありとあらゆる 残虐行為 したのだからな
　この二人だぞ！ 二人でやった！
サタナイナス
　今すぐに その二人 ここに 連れ出せ！
タイタス
　いえ もうここに 来ています パイの中に 焼かれています
　母親が今 美味しそうに 食ったやつ

自分が産んだ 肉をむしゃむしゃ 食ったのだ
嘘じゃない 嘘ではないぞ！ この短刀の 切っ先が 証人だ
(タモーラを刺し殺す)
サタナイナス
死ね！ このような 呪われた 悪行をする 狂人め！
(タイタスを刺し殺す)
ルシャス
父親の血が 流されたのを 目の前にして
息子が黙って いるわけがない！
報復に 報復を！ 死には死を！
(サタナイナスを刺し殺す。大騒動となる。
人々は散々に逃げ出す。マーカス、ルシャス、その一族は
バルコニーに上がる)
マーカス
悲惨な顔の ローマの諸君
強い嵐に 吹き飛ばされた 鳥の群れ
散り散りに なるように
今の騒動 皆さまを 動転させて
ばらばらに してしまったが 私の話 聞いて頂き
どうすれば 散らばった 麦などを もとの穂に 集めるか
壊れた手足を 一つの体に 戻せるか 考えて 頂こう
ローマ自ら 破滅の道を 辿(たど)っては なりません
強大な 王国が 臣下の礼を 取るローマ
見離され 絶望的に なってしまった 漂流者が

実行しようと するように
自らの 命を絶つのは 恥ずべきことだ
経験を 積んだ印しの 白髪や この肌の ひび割れも
私の言葉も 聞くほどの 価値がないと 思わせるなら
〈ルシャスに向かい〉ローマの友よ
代わりとなって 話してほしい
かつて我らの 祖先イーニアスが
恋にやつれた ダイドーに
ギリシャ軍が 奇襲をかけて トロイが陥落 した夜の
プライアム王の 不運な話を 聞かせたことが ありました
トロイの人を 欺いて 木馬を中に 持ち込んだ
サイノンのよう このローマに 内乱を 起こさせた
張本人は 誰なのか 告発を 願いたい
私の心は 石や鋼(はがね)で 出来てはいない
それが理由で 我々の 悲嘆のすべては 語れない
涙の洪水で 弁舌が 流される
肝心な 所では 私は言葉に 詰まるかも しれないのだ
どうか私に 哀れみの情を 頂きたい
今ここに 指揮官が いらっしゃる この方に 語って頂く
彼の話で 胸は高鳴り 聞くうちに
自然に涙 流れるだろう

ルシャス

では 聴衆の 方々に お伝えしたい
あの忌まわしい カイロンと ディミートリアスが

皇帝の 弟の バスィエイナスを 殺害した 犯人であり
更にまた 私の妹 ラヴィーニャを
強姦したのも 彼らであった
残忍な 彼らのために 私の大事な 弟二人は 首を斬られた
父の涙は 軽蔑されて
ローマのために 戦って 多くの敵を 墓場へと
送り込んだ 忠実な手は 卑劣にも
騙されて 切り落とされた
最後に一つ 付け足すと
私自身 理由なく ローマから 追放された
門は閉ざされ 泣く泣く ローマの敵に 助けを求めた
彼らは私の 誠実な 涙見て
過去のこと 水に流して くれたのだ
その後は 私を友とし ハグしてくれた
私は未だ 追放の身だ だがこれだけは 言っておく
この私 血を流す ことにより 祖国の繁栄に 尽くしてきた
祖国に向けて 突きつけられた 切っ先を
大胆な この体 鞘(さや)にして 受けた男だ
ああ 私 ほら吹きなどで ないからな
私の体の 傷跡は 無言だが
私の言葉が 真実の 証言者だ
いや これは 申し訳ない 意味もない 自らの 功績を
褒(ほ)めたりし 話が逸れた
周(まわ)りに友が いないとき

人は自分を 褒めたくなると 諺にある
マーカス
　さて 今は 私が話す 番である
　この赤ん坊 ご覧ください タモーラの 産んだ子だ
　父親は 神を信じぬ アーロンだ
　次々に 起こった災難 企（たくら）んだ 首謀者です
　その悪党は タイタスの 館に捕らえて いるのです
　呪うべき 存在だが 奴の証言は 本当だ
　タイタスの 復讐の 原因が 何なのか ご判断 頂きたい
　タイタスが 受けた不正は
　どんな人でも 耐えられぬほど 過酷であって
　筆舌に 尽くし難い ものなのだ
　ローマの諸君 真相を 聞かれた今は
　いかに判断 されるのか?!
　我々が したことに 過ちあれば それをご指摘 願いたい
　ご指摘あれば 諸君を見下ろす この高台から
　アンドロニカス家の 残りの我ら 手に手を取って
　真っ逆さまに 飛び降りて 尖った石に 頭をぶつけ
　我が一門を 根絶やしにする
　ローマの諸君 さあ 言ってくれ
　もし 我々が 間違っていると 言われるのなら
　見るがいい ルシャスと私は 今すぐに 身投げする
イーミリアス
　いえ いいえ ローマに於いて 敬愛の 的である マーカス

我々の 皇帝の手を 優しく取って
　　こちらへと お導き 頂きたい
　　我々の 皇帝ルシャスの 手を取って
　　ローマ市民の 一同が 声を揃えて
　　それを願って いるのです
一同
　　ルシャス万歳！ ローマの皇帝陛下！
マーカス
　　〈従者達に〉老タイタスの 悲しみの 館に行って
　　神を恐れぬ ムーアをここに 引き連れて来い
　　邪な 生き方に 対する罰とし
　　恐ろしい 極刑に 処すことにする　（従者達 退場）

（ルシャス、マーカス、その他一同階下に登場）

一同
　　ルシャス万歳！ ローマに於ける 偉大なる 統治者万歳！
ルシャス
　　ありがとう ローマの諸君
　　神よ 願わくば ローマの傷を 癒やしつつ
　　悲しみを 拭い去る 力を私に お与えください
　　だが 諸君 職務は少し 後にして
　　親子の情が 私に課す 悲しい任務を させてくれ
　　少し離れて くれないか

でも 叔父上だけは そばに来て 弔いの 涙を共に
　　ご遺体に 注いでください
　　ああ その蒼ざめた 冷たくなった 唇に
　　温かい 口づけを 捧げます
　　（タイタスにキスをする）
　　悲しみの この涙は 血で汚れた 父上の お顔に注ぎ
　　親孝行の 最後とし 捧げます

マーカス

　　涙には 涙を 口づけに 愛情込めた 口づけを
　　弟の マーカスは 捧げます
　　ああ 捧げるものの 合計が 無数でも 無限でも
　　喜んで 私はそれを 捧げよう

ルシャス

　　〈小ルシャスに〉さあ ここに来て
　　私やおまえの 叔父さまが したように
　　涙をここで 捧げればいい
　　お祖父さまは おまえをとても 可愛がって くだった
　　膝に乗せ あやしたり 子守唄など 歌ったり
　　自分の胸を 枕にし 寝かせても くださった
　　子供に合った いろんな話を してくださった
　　そのお礼にと 孫として
　　おまえの優しい 泉から 小粒の涙を 流しておくれ
　　優しい心 あるのなら そうするものだ
　　身内の者は 悲しみや 嘆きなど 一緒に感じる ものなのだ

お祖父さまに お別れを 言いなさい
　　お墓まで 一緒に行って 優しい気持ちを お見せして
　　お祖父さまに そこで言ったら いいのだよ
　　「グランドサイア[40] さようなら ありがとう」と

小ルシャス

　　ああ グランドサイア！ グランドサイア！
　　僕が死に お祖父さまが 生き返るなら そうなればいい
　　ああ 神様 僕は涙が 喉に詰まって 話せない

（アーロンを連れて、従者達登場）

ローマ人1

　　アンドロニカス家の 方々よ
　　大切な 嘆き悲しみ 終えられた
　　この恐ろしい 出来事の 元凶である
　　忌まわしい 卑劣漢に 罪の宣告を して頂こう

ルシャス

　　胸の深さに 届くまで この男を 埋めるのだ
　　そして こいつを 飢えさせろ
　　食べ物求め 嘆こうが 喚(わめ)こうが
　　そのまま放置 するように！
　　憐れみを かける者 救いの手 差し伸べる者

40　原典 "grandsire"「お祖父さま」の意味（"grandfather" の古く格式ばった表現）。

その罪により 処刑する

これが私の 宣告だ

この男を 生き埋めにする 処置を取るのだ

アーロン

ああ 憤怒(ふんぬ)に駆られて いるときに

黙ってなど いられるものか！

俺は赤児で ないからな さもしい祈りを 上げながら

今までの 悪事を懺悔(ざんげ) するものか！

やれるチャンスが あるのなら

これまでの１万倍の 悪事をして やりたいぞ

生涯に 一度でも 良いことを していたら

死ぬまでそれを 悔やむだろうよ

ルシャス

先帝と 親しい方は その遺体 運び出し

先祖の墓に 埋葬を お願いしたい

私の父と ラヴィーニャは 我が一門の 霊廟に 安置する

極悪の虎 タモーラには 葬儀の実施 喪服着用

その一切を 禁止する

弔いの鐘 鳴らしては ならないぞ

死体は荒野に 捨て去って 鳥獣の 餌にしろ

この女 野獣のようで 憐れみの 心が欠如 していたな

それ故に 憐れみなどは 与えない

呪うべき アーロンに 正義の鉄槌(てっつい) くだされるよう！

そいつのせいで 悲しいことが 始まったから…

さあ これからは この国を 正しく治める
こんな悲しい 出来事で 国が滅びる ことなきように！
(一同 退場)

あとがき

　『タイタス・アンドロニカス』は、1588年～1593年あたりに書かれたシェイクスピアの最初の悲劇、それも他の悲劇とは格段の差がある残酷な復讐劇である。当時、流行っていた残酷な悲劇に対抗するために、負けてはいられないと強烈な残忍性を帯びた悲劇を上演したのかもしれない。

　この作品はローマの歴史劇の設定であるが、『ジュリアス・シーザー』や『アントニー＆クレオパトラ』、『コリオレイナス』のように史実をもとにして劇に仕上げたものではなく、後期ローマ帝国の時代を想定したフィクションであり、種本はオヴィッドの『変身物語』やセネカの『ティエイティス』である。

　この作品の題の名前で私には印象深かったのが、「アンドロニカスとライオン」という話の中で、タイタスという残酷趣味の皇帝が奴隷達をライオンのいるアリーナに投げ込んで殺されるのを見て楽しんでいたのが、ある日、アンドロニカスという奴隷を投げ込んだところ、ライオンは平伏し、親しそうにすり寄った。タイタス皇帝は、アンドロニカスにその理由を問い質したら、以前にそのライオンが足に棘が刺さっているのを抜いてやったことがあるという話だった。

　この話を読んだか、聞き知ったシェイクスピアがこの作品の題名を『タイタス・アンドロニカス』にしたという解説を

169

読んだことがある。真偽のほどは確かではないが、その話は興味深い。

　話は変わるが、日本の劇作品は、歌舞伎はもちろんのこと、一般の作品でも私には値段が高過ぎて、観に行きたくても「もったいない」からと、日々の慎ましやかな生活との段差の大きさで行くことができない。ところが、現在とは違い、私が足しげく毎夜、そしてマティネがある水曜日や土曜日には昼でも通ったウエストエンド（ロンドンの中心街）劇場は 1980 年代後半までは破格の安さであった。70 年代もきっと同じほど安かっただろうが、私の英語力が低過ぎたために、行くことができたのは、英語力がなくても楽しめる音楽のコンサートとバレエだった。

　80 年代になって、少しは英語が分かるようになって通い出した大きな要因の一つは、最安値の席が三階のバルコニー席と同料金の座席が、劇場の最も値段の高いストール（一階）席の三列目から数えて二列前、即ち、舞台の役者の顔が間近に見える一列目だったことが大きな要因となっている。

　この席の（安さ）のお陰で、私はイギリスで劇の虜になってしまった。　だいたい千円台のチケットで観劇／感激していた。私の二列後ろは、三倍から五倍ほどの値段であった。それでも、日本のチケット代とは比較にならない安さである。イギリス政府が芸術に手厚く補助金を出していることを知り、日本の政治家が芸術を軽んじていることが良く分かった時代である。今でもそれが続いていることが嘆かわしい。観光客

あとがき

の余りの多さで、京都のホテル代は三倍になり、ビジネスマンが気軽に泊まれるホテルが消滅しつつあるという話を聞いた。ウエストエンドも外国人の観光客のせいで劇場も英語が分からなくても楽しめるミュージカルが幅を利かせ、値段も高くなり、一般のイギリス人の演劇好きの人達が良い劇を鑑賞できる機会が減ってきている。京都もロンドンも、あらゆる所で演劇の基盤が崩れ始めて、いずれ大きな地震に見舞われるのではないかと私は危惧している。

　本題の『タイタス・アンドロニカス』に戻ると、この劇をロンドンの国立劇場で観たのは、80年代の前半だと記憶している。一列目で見たのではないが、衝撃的だった。ショックで言葉を失った。当時、イギリス人に日本の"Samurai Drama"（時代劇）は残酷だと言われて、「あんたらはアホちゃう?!」と思ったことがあった。水戸黄門も銭形平次も、大好きな素浪人月影兵庫も、白い仮面を被っていなくても「正義の味方で良い人」（月光仮面のこと）達である。それなのに、日本の文化も道徳も分からず、勧善懲悪の美学も分からず、イギリス人は情けない人達だと嘆いたことがあった。

　この私には16世紀にこのような劇がイギリスでは大人気を誇ったなど言われると、それこそイギリス人は野蛮だと思っていた。イギリス人が「熊いじめ」をして楽しんでいたと知って、それをより確信していた。鯨を取って食べる日本人も、イギリス人に野蛮だと言われていたが…。彼らは兎を食べていたし、宮廷の女性のスカートを幅広く豪勢に見せる

171

ために鯨を捕獲して、脂以外はみんな捨てていた国民である。
　イギリスでは多くの劇を観たが、この劇を観てから40年以上も経っているのに、まだそのときの衝撃は忘れられない。「たいしたわけもなく簡単に人を殺し、死体を洞窟に投げ捨てて、その新妻を自らの性欲を満たすために、兄弟二人で凌辱し、自分達の罪を告げる手段を失くすために、その両手を切断し、舌を切り取る」。何ということを！　ラヴィーニャは腕の先を搾ってある白いロングドレスの長袖を着て、棒を手に抱え、舞台の上に気が狂ったように犯人の名前を書き記した光景はまだ瞼に焼きついている。
　イギリスで観たシェイクスピアの作品は数えきれない。80年代は不思議なことだが、今考えると、「シェイクスピアが流行していた時代」である。夏になると、ロンドンのリージェンツ・パークでは恒例の『(真) 夏の夜の夢』の公演が行われていたし、あちらこちらの公園の緑の芝生の上では、『(真) 夏の夜の夢』はもちろん、『十二夜』、『お気に召すまま』などの喜劇が上演されていた。地方といってもエディンバラやケンブリッジ、オックスフォード、ヨークぐらいしか知らないのだが、そこでも同じ状況であった。
　この作品をシリーズの「13」番目にして、表紙の色を黒を基調にしたのは、それなりに意味があるのだが、この作品は「訳すべきか、訳さざるべき」か、迷ったが、訳してしまった。全訳を目指しているから、訳すのは当然のことなのだが、いつか訳す日は来るだろうと楽観視できない後期高齢者に

あとがき

なってしまった今、「先は遠いのに、(老い) 先は短い」。あと、24作品も残っている。24年先は絶対に生きてはいない。しかたがないので、観たことのある劇を訳すことを優先した。

　最後に、
　特に、この作品は、イギリス人が「時代劇」を理解できなかったように、私には恐ろし過ぎて、容認できる限度をはるかに超えるものだった。きっと、「ハラキリ」をしたり、人間魚雷やゼロ戦で敵の軍艦に体当たりしたりと、日本人は残酷なイメージを持たれていたのであろう。ところが、私にはこんな残酷な劇をなぜシェイクスピアともあろう人物が書き、それを上演したのか分からなかった。
　今でも、分かったとは言えないのだが、人間の本性の中に残酷さが潜んでいて、それは躾と徳育教育によってでしか抑えることができないのか。ウクライナに対するロシアや、ガザの人々に対する皆殺しをも厭わないのではと思えるイスラエルの首相の強硬な姿勢など、歴史を振り返れば、平和な時代など、あったしてもほんのわずかな時代であった。あとは、人と人が殺し合う戦いの時代の中で人々は生きてきたのが良く分かる。日本の政界を見ても、悪が栄え、善が為すすべもなく手をこまねいている姿である。こうした世相の中で、人々は復讐劇を一抹の清涼剤のように好むのかもしれない。それが人間なのだろうか？

謝辞
もう十年以上もお付き合いを頂き、大河の流れを彷彿させる落ち着きのある風詠社社長の大杉剛さま、オフィスに春風を送ってくださる牧千佐さま、陽明学を実践した中江藤樹の末裔かとも思われる親孝行を実践されている校正、編集をして頂いている藤森功一さま、パソコンに打ち込んでくれた藤井翠さまに感謝申し上げます。

訳者　記す

2025 年 1 月 24 日

著者略歴

今西 薫
京都市生まれ。関西学院大学法学部政治学科卒業、同志社大学英文学部前期博士課程修了（修士）、イギリス・アイルランド演劇専攻。元京都学園大学教授。

著書
『21 世紀に向かう英国演劇』（エスト出版）
『*The Irish Dramatic Movement: The Early Stages*』（山口書店）
『*New Haiku: Fusion of Poetry*』（風詠社）
『*Short Stories for Children by Mimei Ogawa*』（山口書店）
『*The Rocking-Horse Winner & Monkey Nuts*』（あぽろん社）
『*The Secret of Jack's Success*』（エスト出版）
『*The Importance of Being Earnest*』〔Retold 版〕（中央図書）
『イギリスを旅する 35 章（共著）』（明石書店）
『表象と生のはざまで（共著）』（南雲堂）
『詩集 流れゆく雲に想いを描いて』（風詠社）
『フランダースの犬、ニュルンベルクのストーブ』（ブックウェイ）
『心をつなぐ童話集』（風詠社）
『恐ろしくおもしろい物語集』（風詠社）
『小川未明＆今西薫童話集』（ブックウェイ）
『なぞなぞ童話・エッセイ集（心優しき人への贈物）』（ブックウェイ）
『この世に生きて　静枝ものがたり』（ブックウェイ）
『フュージョン・詩 ＆ 俳句集 —訣れの Poetry —』（ブックウェイ）
『アイルランド紀行 —ずっこけ見聞録—』（ブックウェイ）
『果てしない海 —旅の終焉—』（ブックウェイ）
『J. M. シング戯曲集 *The Collected Plays of J. M. Synge* (*in Japanese*)』（ブックウェイ）

『社会に物申す』純晶也［筆名］（風詠社）
『徒然なるままに ―老人の老人による老人のための随筆―』（ブックウェイ）
『「かもめ」＆「ワーニャ伯父さん」―現代語訳チェーホフ四大劇Ⅰ―』（ブックウェイ）
『New マジメが肝心 ―オスカー・ワイルド日本語訳―』（ブックウェイ）
『ヴェニスの商人』―七五調訳シェイクスピアシリーズ〈1〉―（ブックウェイ）
『マクベス』―七五調訳シェイクスピアシリーズ〈2〉―（風詠社）
『リア王』―七五調訳シェイクスピアシリーズ〈3〉―（風詠社）
『テンペスト』―七五調訳シェイクスピアシリーズ〈4〉―（風詠社）
『ちっちゃな詩集 ☆魔法の言葉☆』（風詠社）
『ハムレット』―七五調訳シェイクスピアシリーズ〈5〉―（風詠社）
『ジュリアス・シーザー』―七五調訳シェイクスピアシリーズ〈6〉―（風詠社）
『オセロ ―ヴェニスのムーア人―』―七五調訳シェイクスピアシリーズ〈7〉―（風詠社）
『間違いの喜劇』―七五調訳シェイクスピアシリーズ〈8〉―（風詠社）
『十二夜』―七五調訳シェイクスピアシリーズ〈9〉―（風詠社）
『(真) 夏の夜の夢』―七五調訳シェイクスピアシリーズ〈10〉―（風詠社）
『シェイクスピア New 四大悲劇』―マクベス／リア王／ハムレット／オセロ―（風詠社）
『ロミオ＆ジュリエット』―七五調訳シェイクスピアシリーズ〈11〉―（風詠社）
『お気に召すまま』―七五調訳シェイクスピアシリーズ〈12〉―（風詠社）

＊表紙にあるシェイクスピアの肖像画は、Collin's Clear-Type Press（1892 年に設立されたスコットランドの出版社）から発行された *The Complete Works of William Shakespeare* に掲載されたものを使用していますが、作者不明のため肖像画掲載に関する許可をいただいていません。ご存知の方がおられましたら、情報をお寄せください。

『タイタス・アンドロニカス』
七五調訳シェイクスピアシリーズ〈13〉

2025 年 4 月 29 日　第 1 刷発行

著　者	今西　薫
発行人	大杉　剛
発行所	株式会社 風詠社
	〒 553-0001　大阪市福島区海老江 5-2-2 大拓ビル 5 - 7 階
	Tel 06（6136）8657　https://fueisha.com/
発売元	株式会社 星雲社（共同出版社・流通責任出版社）
	〒 112-0005　東京都文京区水道 1-3-30
	Tel 03（3868）3275
印刷・製本	小野高速印刷株式会社

©Kaoru Imanishi 2025, Printed in Japan.
ISBN978-4-434-35600-1 C0097
乱丁・落丁本は風詠社宛にお送りください。お取り替えいたします。

郵便はがき

料金受取人払郵便

大阪北局
承認

7000

差出有効期間
2026年10月
31日まで
(切手不要)

5538790

018

大阪市福島区海老江5-2-2-710

㈱風詠社

愛読者カード係 行

ふりがな お名前				大正　昭和 平成　令和　　年生　　歳	
ふりがな ご住所	□□□-□□□□				性別 男・女
お電話 番　号			ご職業		
E-mail					
書　名					
お買上 書　店	都道 府県	市区 郡	書店名 ご購入日	年　　　月　　　日	書店

本書をお買い求めになった動機は？
 1. 書店店頭で見て　　2. インターネット書店で見て
 3. 知人にすすめられて　　4. ホームページを見て
 5. 広告、記事（新聞、雑誌、ポスター等）を見て（新聞、雑誌名　　　　　　）

風詠社の本をお買い求めいただき誠にありがとうございます。
この愛読者カードは小社出版の企画等に役立たせていただきます。

本書についてのご意見、ご感想をお聞かせください。
①内容について
②カバー、タイトル、帯について

弊社、及び弊社刊行物に対するご意見、ご感想をお聞かせください。

最近読んでおもしろかった本やこれから読んでみたい本をお教えください。

ご自分でも出版してみたいというお気持ちはありますか。
ある　　　ない　　内容・テーマ（　　　　　　　　　　　　　）
出版についてのご相談（ご質問等）を希望されますか。
する　　　　　しない

ご協力ありがとうございました。

※お客様の個人情報は、小社からの連絡のみに使用します。社外に提供することは一切ありません。